策劃：陳萬雄

作者：蔡嘉亮

楚漢相爭成語故事

商務印書館

本書由鴻文萬有文化出版有限公司授權出版。

責任編輯：林可淇　黎彩玉
裝幀設計：趙穎珊
排　　版：周　榮
印　　務：龍寶祺

楚漢相爭成語故事

策　　劃：陳萬雄

作　　者：蔡嘉亮

出　　版：商務印書館（香港）有限公司

　　　　　香港筲箕灣耀興道3號東滙廣場8樓

　　　　　http://www.commercialpress.com.hk

發　　行：香港聯合書刊物流有限公司

　　　　　香港新界荃灣德士古道220－248號荃灣工業中心16樓

印　　刷：永經堂印刷有限公司

　　　　　香港新界荃灣德士古道188－202號立泰工業中心1座3樓

版　　次：2022年11月第1版第1次印刷

　　　　　© 2022商務印書館（香港）有限公司

　　　　　ISBN 978 962 07 0608 0

　　　　　Printed in China

出版說明

　　楚漢相爭的故事和人物是中國歷史上最為人熟悉的一段歷史之一。本書承本館出版的《三國成語故事》、《三國成語故事2》而成，希望讀者可以透過不同時期的歷史故事學習歷史和語言知識。本書選取七十個楚漢相爭時期的成語，讓讀者認識當時的故事和人物，從中亦掌握各個成語的意思和使用方法。

　　本書特點：

1. 讀楚漢相爭故事　學習成語

　　本書所選的楚漢相爭成語故事，重視現代的教育意義：而成語的本身，仍具語文的生命力，可以活用。讀者透過閱讀本書，不僅可以認識到楚漢相爭中不同人物的故事，還能提高文學素養和語文水平。

2. 豐富的內容結構　集歷史與中文學習於一體

　　本書內容：解釋成語的意義；說明成語的出處；羅列各成語的近、反義詞；講述成語的背景故事；最後精選該成語的歷代例句，讓讀者更易掌握和懂得準確的運用方法。

3. 故事配上與情景相關畫像，並附錄有關主要人物的簡介

　　就每則成語故事的情景，配上相關的精美畫像。全書圖文並茂，增添閱讀趣味。最後全書附上主要人物的簡介，加深讀者對楚漢時期的認識。

目錄

劉邦陣營

孺子可教

釋　義　指小孩子是可以教誨的。後形容年輕人有出息，可以造就。

近義詞　程門度雪（程門立雪）、尊師重道

反義詞　朽木難雕、不堪造就

—出處—

父以足受，笑而去。良殊大驚，隨目之。父去里所，復還，曰：「孺子可教矣。」

（西漢司馬遷《史記・留侯世家》）

■ 故事背景

張良年少時在下邳巧遇一位老人家，老人一再考驗他後，讚許他是可造之才，他日必成皇帝的老師。

張良原是戰國時韓國的名門之後，秦王政滅韓國後，張良覓人刺殺秦王政事敗，為逃過追捕，便逃往下邳隱姓埋名，改名張良。

有一天，張良漫無目的地在下邳附近的圯水橋散步，在橋上遇到一個只穿着粗布衣裳的老人家。那老人走到張良面前，突然把一隻鞋拋到橋下，然後命張良把鞋拾回來！張良有點生氣，本想打那老人，但看到那人年紀老邁，便強忍

怒氣，到橋下把鞋撿回來。老頭又伸出腳來，命張良為他穿鞋。張良心想，反正已為他撿回了鞋，便跪下來為老頭穿上。老人穿鞋後笑着轉身離去。張良越發驚訝，望着老人離去的背影。老人走了大約一里路卻走回來說：「你這小子有出息，值得栽培。你五日後天亮時到這裏見我。」張良雖然覺得有點不可思議，但也連忙跪下來說：「是。」

五日後，張良如約到了橋上，只見那老人家已先到了，還生氣地對張良說：「跟老人家有約卻遲到，怎麼回事呢？」老人家轉身便走，吩咐張良五日後早一點再來。五天後，雞剛啼叫，張良就出門赴約，不料老人家又先到了，老人說：「又遲到，怎麼回事啊？五天後再早點來。」又過五天，剛過半夜，張良就摸黑來到橋上等候老人。過了一會，老人也出現了，高興地說：「這樣才對。」老人說着，拿出一本書交給張良，說道：「你下苦功讀好這本書，就可以做帝皇的老師了。十年後就有大成就。十三年後，你來濟北見我，穀城山下那塊黃石就是我了。」老人沒有再說話便離去，從此沒有再出現。

天亮後，張良看一看那本書，原來是《太公兵法》（周武王與姜子牙討論治國、治軍和戰爭的論述），張良覺得這本書非比尋常，便用心地誦讀學習。

十年後，陳勝等起兵反秦，張良往楚國途中遇到劉邦，便跟隨劉邦起義，張良常會引用《太公兵法》給劉邦獻計，並很快得到劉邦重用。十三年後，張良跟隨高祖劉邦路過濟北，果然在穀城山下見到了黃石，張良帶回家中當作瑰寶地供奉祭祀。

時予方以兩髦執筆硯，陪其吟詠，皆曰：「孺子可教。」

（唐劉禹錫《澈上人文集紀》）

美如冠玉

釋　義　　原比喻只是外表好看。後形容男子長相漂亮。
近義詞　　風流倜儻
反義詞　　面目猙獰

—出處—

絳侯、灌嬰等咸讒陳平曰：
「平雖美丈夫，如冠玉耳，
其中未必有也。」

（西漢司馬遷
《史記‧陳丞相世家》）

■ 故事背景

周勃、灌嬰等詆毀陳平
空有漂亮外表，未必有真才實
學，而且私德有虧。但劉邦經
了解後，更加重用陳平。

陳平父母早逝，自幼跟隨
兄嫂生活。哥哥努力耕作，讓
陳平專心讀書習文。陳平醉心
黃老學說、治世之術。

陳勝、吳廣起義反秦，陳
平先後投奔魏王魏咎和項羽，
最後歸附漢。陳平透過魏無
知求見劉邦，不久便得到劉邦
信任。

此事惹來周勃、灌嬰等人
嫉妒，在劉邦面前詆毀陳平。
他們說：「陳平雖然是個美男
子，但他的外貌不過像帽子上

的美玉罷了，骨子裏未必有真材實學。我們聽說陳平曾私通嫂嫂；跟隨魏王時有人說他壞話，他就逃去投奔項羽；又因為項羽不信任他而逃來歸附大王。現在大王這樣器重他，對他委以重任，任命他為護軍。我們還聽說陳平貪污受賄，將領多給他錢就會得到好差事，錢給得少就只能做爛差事。陳平是個反覆無常的奸臣，希望大王明察。」

劉邦聽後也開始懷疑陳平，便召來魏無知責問。魏無知回答道：「我所說的是才能，大王所問的是品行。現在如果有人像尾生（莊子《盜拓》篇提到一個人物尾生，以守信為人所稱頌）般守信用，像孝已（商代商襄王太子）一樣有孝心，但無助於在戰場上打仗，大王仍有興趣起用他們嗎？我推薦人才時，只關注那人的計策是否對國家有用。至於說他與嫂嫂私通和收受金錢的事，有甚麼值得查究呢？」

於是劉邦召來陳平，責罵他侍齊、侍楚，現在又來投靠他，是個三心二意，不講信義的人。陳平解釋：「我侍奉魏王，魏王不採納我的計謀，所以我離開魏王投靠項王。項王疑心重，信任和寵愛的不是項氏宗族就是妻家的兄弟，即使有奇才也不會重用，我這才離開項羽。聽說漢王善用人才，我才歸順大王。我來時身上毫無分文，沒有錢財便沒有辦事的費用了。如果大王覺得我的計謀值得接納的話，就請大王採用；若不值得採用，那我收取的錢財還在，請允許我封存好送回官府，並請你讓我離去好了。」劉邦於是向陳平道歉，還重重賞賜，任命他為護軍中尉，負責監督所有將領，將領們再也不敢說陳平的壞話了。

時見對戶一少年，美如冠玉。（清蒲松齡《聊齋誌異‧素秋》）

曾有一個道士，有長生不老之術，自說已經百餘歲了，看去卻美如冠玉，像二十左右一樣。（近代魯迅《準風月談‧青年與老子》）

一敗塗地

釋　義　徹底失敗，不可收拾。
近義詞　一蹶不振、落花流水
反義詞　旗開得勝、所向披靡

出處

天下方擾，諸侯並起，今置將不善，壹（一）敗塗地。

（西漢司馬遷《史記·高祖本紀》）

■ 故事背景

劉邦呼籲沛縣百姓殺掉縣令，另立新縣令。

秦二世元年（公元前209年），陳勝、吳廣起兵反秦，許多郡縣都殺死郡守、縣令以作響應。沛縣縣令非常害怕，也想率領沛縣百姓響應陳勝。蕭何、曹參建議縣令召劉邦回來，縣令答應，派樊噲往召劉邦，但縣令在樊噲走後又開始擔心劉邦回來後對其不利。

當劉邦和樊噲回到沛縣時，縣令關閉城門，不讓他們進城，還欲殺掉蕭何和曹參。兩人逃出城外投靠劉邦。劉邦用布帛寫了一封信，夾在箭上射進城內。信裏說：「天下百姓飽受秦朝暴政之苦已經

多年了，現在父老們雖為沛縣的縣令守城，但是各地諸侯都已起義了，很快就會來屠殺沛縣百姓。如果現在父老一起把縣令殺掉，從年輕人中選擇可擔當重任的人接任縣令，並響應諸侯，你們的家室便可以保存。否則，全縣的父老兄弟都會被屠殺，甚麼也做不成了。」於是縣中父老率領一眾子弟殺死縣令，打開城門迎接劉邦進城，並想推舉劉邦為縣令。劉邦說：「當今亂世，諸侯紛紛起事，如果現在推舉了一個不恰當的將領，就會徹底失敗，無法收拾。我並非貪生怕死之徒，只是擔心自己力量渺小，不能勝任，難以保護父老兄弟。這是一件大事，希望大家推舉能勝任的人。」蕭何、曹參都是文官，都顧惜生命，害怕不能擔此大任，若然失敗隨時惹來全縣殺身之禍，一再推讓給劉邦。父老也對劉邦說：「平素聽說劉邦有許多奇遇，必當顯貴，占卜的筮辭亦說沒有誰及得你最吉利。」劉邦還是再三推辭，但始終沒有人敢當縣令，劉邦就接受推舉，當上沛縣的縣令，自稱沛公。

劉邦帶領大家在沛縣祭祀黃帝、蚩尤，又以牲血祭旗祭鼓，把旗幟和鼙鼓都染得通紅。蕭何、曹參和樊噲等為劉邦招募了二、三千沛縣子弟，一起攻打胡陵、方與，然後退回豐邑。

夏城堅，攻之引日，宋金剛在近，內拒外疆，一敗塗
地。（北宋歐陽修等《新唐書‧永安王孝基傳》）

甲午一役，未及交綏，遽爾一敗塗地。（清李伯元《文明小史》
第十七回）

忠言逆耳

釋　義　誠懇正直的規勸，往往刺耳，不易被人接受。
近義詞　良藥苦口
反義詞　花言巧語

―出處―

且忠言逆耳利於行，毒藥苦口利於病，願沛公聽樊噲言！

（西漢司馬遷《史記・留侯世家》）

■ 故事背景

張良要求劉邦聽取樊噲的勸告，不要留在秦宮居住，耽於享樂。

張良的祖先是戰國時韓國的重臣，秦國滅韓後，曾收買一個大力士行刺秦王政（秦始皇），可惜事敗，張良隱姓埋名躲避通緝。後來又因幫助殺人的項伯逃走而流亡。秦始皇駕崩，陳勝等羣雄起義反秦，張良得知景駒自立為楚王，計劃前往投靠景駒。途中遇上也是起兵反秦的劉邦，便歸附劉邦，而且很快便得到劉邦賞識。

秦二世三年（公元前207年），趙高殺害胡亥，改立子

嬰為秦王，其後子嬰殺趙高，取得大權。不久，劉邦率軍攻抵霸上，兵臨咸陽，子嬰投降。劉邦進入皇宮後，看到宮室、帳帷富麗堂皇，狗馬和貴重的寶物佈滿宮廷，美女更是不計其數，興奮得想留在宮中居住。樊噲勸劉邦應到宮外居住，劉邦不聽。張良便對劉邦說：「秦王暴虐無道，沛公（劉邦）你才能夠來到這裏。既然你替天下剷除暴政，就應該以清廉樸素為本。現在剛剛進入秦都，就要安享其樂，這就像是人們說的『幫助壞人做壞事』。何況『忠誠的勸諫雖然不動聽，但有利於糾正錯誤；良藥雖然味苦但能治病』。希望你能聽樊噲的勸告啊！」於是劉邦離開秦宮，與軍隊回到霸上。

歷代例句

良藥苦於口而利於病，忠言逆於耳而利於行。（三國魏王肅《孔子家語》）

召國禎入視，世祖曰：「不聽汝言，果困斯疾。」對曰：「良藥苦口既知之矣，忠言逆耳願留意焉？」世祖大悅。（明宋濂等《元史・卷一六八・許國禎傳》）

忠言逆耳，豎子不足與謀！吾子姪已遭審配之害，吾何顏復見冀州之人乎！（明羅貫中《三國演義》第三十回）

煙館裏的人，都看這人來歷不明，勸他不要與那人要好，卻是忠言逆耳，哪裏聽得。（清彭養鷗《黑籍冤魂》第十三回）

項羽陣營

先發制人

釋　義　指戰爭中雙方，先發動的一方處於主動地位，可以控制對方。後泛指爭取主動，先動手來制服對方。

近義詞　先聲奪人、先下手為強

反義詞　後發制人

─出處─

吾聞先即制人，後則為人所制。

（西漢司馬遷
《史記・項羽本紀》）

■ 故事背景

　　殷通欲盡快發兵反秦，希望先出手可以取得先機。不過還未行動，已被項梁、項羽叔姪所殺。

　　項梁本為楚國貴族，後遷居吳中。秦二世元年（公元前209年），陳勝等人起義反秦，會稽郡守殷通向來敬重項梁，於是請來項梁商議當前局勢。他對項梁說：「現在江西一帶都造反，看來老天爺也要滅秦國了。我聽人說，先出手者得先機，取得主導地位，能夠制服他人，落後於人就容易被人控制，所以我準備舉兵反秦，想派你和桓楚為將軍，領軍起義。」項梁聽了滿不是味兒，心想：我可不願當你的部下啊！剛巧桓楚因觸犯秦法而匿藏起來，項梁對殷通說：「桓

楚現在逃亡在外，沒有人知道他的行蹤，只有我姪兒項羽知道他躲藏在何處，不如叫他過來查問一下吧！」殷通同意項梁所言。

項梁出屋外叫項羽過來，並輕聲囑咐項羽帶備寶劍在門外等候，待殷通召他才進內，伺機殺死殷通。項梁再次進屋內後與殷通一同坐下，然後請殷通召項羽進來，直接命令項羽找尋桓楚。殷通不虞有詐，便召喚項羽進來。沒多久，項梁突然給項羽使了個眼色，說時遲那時快，項羽即手起劍落，斬下殷通的頭。項梁手持殷通的頭，佩戴着郡守的印璽。殷通的部下見狀大驚，一時大亂，項羽又殺傷近百人。府中各人都害怕地拜伏在地上，沒有一個敢起來反抗。

項梁召集了在吳中時認識的豪強官吏，告訴他們要發動吳中的士兵反秦，成就大事。項梁派人接收吳中郡下屬各縣，共徵集得八千精兵，又分配吳中豪傑為校尉、侯、司馬。當中有一個人沒有被任用，那人來到項梁面前，欲了解自己沒有獲得任用的原因。項梁說：「較早前有一家人辦喪事，我派你去做一件事，你沒有辦成，因此不能任用你。」眾人聽了都很佩服項梁，項梁便當上會稽郡守，項羽任裨將，率軍攻取所轄各縣。

項梁和項羽率軍加入反秦的行列，他們屢戰屢勝，兵力日盛，後來，項梁聽從范增之言，擁立楚懷王的孫兒熊心為王，仍稱楚懷王（楚後懷王），以順從民意。

秦二世二年，項梁率軍從東阿向西出發，在定陶再破秦軍。自此項梁越發輕視秦國。同年九月，秦果悉起兵增援章邯，大敗楚軍，項梁戰死。

先發制人，後發制於人。（東漢班固《漢書·項籍傳》）

破釜沉舟　作壁上觀　一以當十

破釜沉舟

釋　義　比喻下定決心，義無反顧。

近義詞　背水一戰

反義詞　猶豫不決

作壁上觀

釋　義　原指雙方交戰，自己站在壁壘上旁觀。後多比喻在局外旁觀，不表示意見或態度。

近義詞　袖手旁觀、隔岸觀火

反義詞　拔刀相助

一以當十

釋　義　一個人抵擋十個人。形容英勇善戰。

近義詞　以一當百

—出處—

項羽乃悉引兵渡河，皆沉船，破釜甑，燒廬舍，持三日糧，以示士卒必死，無一還心。……諸侯軍救鉅鹿下者十餘壁，莫敢縱兵。及楚擊秦，諸將皆從壁上觀。楚戰士無不一以當十，{楚}兵呼聲動天，諸侯軍無不人人惴恐。

（西漢司馬遷《史記・項羽本紀》）

■ 故事背景

項羽率兵攻秦，渡河時命人把所有渡船沉入水底，又砸爛鍋碗炊具，以示決心。

秦二世元年（公元前 209 年），項梁與姪兒項羽起兵反秦。翌年，聽從范增之言擁立楚懷王之孫熊心為王，仍稱楚懷王（後世稱楚後懷王），以爭取楚地民心。幾個月後，於

東阿大敗秦軍後，繼續向定陶出發，不料在定陶為秦將章邯所敗，項梁戰死（定陶之役）。項羽決心為叔父報仇。

是時，章邯認為楚軍不足顧慮，於是與增援的王離二十萬大軍會合，攻打趙國，包圍鉅鹿，趙王向各國諸侯求援。楚後懷王命卿子冠軍宋義領兵救趙。然而宋義至安陽後卻按兵不動，項羽大怒，殺掉宋義，一時間威震楚國，名聞諸侯。項羽隨即派當陽君英布、蒲將軍率領兩萬精兵，渡過漳河，救援鉅鹿。然而戰爭只取得小勝。趙國將領陳餘再次請求諸侯出兵，項羽亦率領全部人馬渡過漳河。當時秦軍多達四十萬，而楚軍只有五萬。項羽決心一戰，在登岸後下令士兵鑿毀渡船，將渡船沉入水底，又砸爛做飯的鍋碗和炊具，又燒毀全部軍帳，隨身只帶着三日的乾糧，以此向一眾士兵表明一定要決死一戰，絕不後退。

楚軍士氣如虹，到達鉅鹿隨即包圍王離，與秦軍交戰。經過多次交戰後，楚軍截斷秦軍通道，大敗秦軍，秦將蘇角陣亡，王離被擄，涉間拒絕投降，自焚而死。（鉅鹿之戰）

楚軍英勇居諸侯之首，反觀前來救趙的各路諸侯沒有一個發兵支援。即使楚軍與秦軍作戰時，他們也只如局外人般袖手旁觀，無人出兵援助。楚軍以一敵十，士兵殺聲震天，諸侯人人膽顫心驚。項羽擊敗秦軍後召見諸侯將領，當他們進入軍營大門時，都只敢跪着前行，沒有一個敢抬頭仰視。經此一役，項羽真正成了諸侯的上將軍，各路諸侯都隸屬於他。

鉅鹿之戰亦奠定了項羽的地位，日後自立為西楚霸王。

你按部就班地幹，做到老也是窮死。只有大膽地**破釜沉舟**地跟他們挤，還許有翻身的那一天。（近代曹禺《日出》第二幕）

我以為對於校長主張去留的人，俱不免各有其複雜的背景，所以我是袖手作壁上觀的。（近代魯迅《兩地書》）

我軍俱精銳之士，無不一以當十。但利在急戰。若遷延日月，糧草不敷，事可憂矣。（明羅貫中《三國演義》第三十回）

弓強兵銳，所向無前，士氣轟騰，無不一以當十。（明邵璨《香囊記・拾囊》）

羊狠狼貪

釋　義　原指為人兇狠，爭奪權勢。後比喻貪官污吏的
　　　　殘酷剝削。
近義詞　貪得無厭
反義詞　廉潔奉公

—出處—

因下令軍中曰：「猛如虎，
狠如羊，貪如狼，彊不可使
者，皆斬之。」

（西漢司馬遷
《史記·項羽本紀》）

■ 故事背景

**宋義諷刺項羽兇狠貪婪，
不服從命令。**

秦二世二年（公元前 208
年）項梁率楚軍到了定陶，宋
義提醒項梁切勿輕敵，然項

梁沒有理會，並派宋義出使齊
國。宋義往齊國途中遇上正準
備往見項梁的齊國使者高陵君
顯，宋義道出他的憂慮，並勸
高陵君顯若想保命，就不要趕
着往見項梁。楚軍果然戰敗，
項梁還被秦軍殺掉。章邯率秦
軍進攻趙國，包圍鉅鹿，趙王
向各路諸侯求援。

楚後懷王大驚，趕赴彭城
與羣臣商議救趙良策。並接納
高陵君顯的舉薦，任命宋義為
上將軍，與項羽和范增一同率

軍救趙。其他各路軍隊亦由宋義指揮。

楚軍到安陽後，停留了四十六天仍然按兵不動。急着想為叔父項梁報仇的項羽建議宋義立刻渡過黃河為趙國解圍，若能與趙軍裏外夾攻，定能打敗秦軍。宋義卻認為要拍死牛背上的大虻蟲，就難以兼顧殺死牛身上的蟣蝨，應先待秦、趙兩國戰個你死我活，到時若秦軍打勝也會筋疲力竭，楚軍才趁着秦軍疲憊時攻打他們；假若秦軍戰敗，就趁其軍心潰散而一舉消滅秦軍。宋義更取笑項羽有勇無謀，他還在軍中下令：「那些如老虎般兇猛、羊般倔強、狼般貪婪，逞強而不聽號令的人，一律處斬。」

宋義隨後派兒子宋襄往齊國當國相，親自送兒子到無鹽時，還設下酒筵宴請賓客。當時天氣嚴寒，天下大雨，加上剛遇上饑荒，軍中已無存糧，士兵飢寒交迫，項羽乘機撩動軍心，批評宋義不顧士兵捱飢抵餓，只顧飲酒作樂。本應率軍渡過黃河取趙國糧食，再與趙國合力抗秦，卻說甚麼「待秦軍疲憊才發動攻擊」而不肯發動攻擊，現時秦軍強勢，定能打敗趙國，到時秦軍定必士氣大振，哪裏有疲乏之機可乘。何況楚軍剛吃了敗仗，大王將全國軍力交付將軍，國家安危，在此一舉。如今不體恤士兵，只滿足一己之私，他絕不是安定社稷的賢臣。

大清早，項羽走進營內斬下宋義的頭，並向軍隊訛稱是受到楚王密令殺死宋義。軍中各人一同擁立項羽為代理上將軍。項羽立即派人追殺宋襄，並派遣桓楚向楚後懷王報告。楚後懷王便任命項羽為上將軍，當陽君和蒲將軍都歸屬項羽指揮。

項羽隨即揮軍橫渡黃河，直達鉅鹿，與秦軍交戰多次後終於大敗秦軍（鉅鹿之戰）。此役亦奠定了項羽日後稱霸為王的基礎。

歷代例句

孰為邦孟，節根之蟊；羊狠狼貪，以口覆城。（唐韓愈《昌黎集・郾州溪堂詩》）

羊狠狼貪，竟玷人臣之節。（清蒲松齡《聊齋誌異・席方平》）

坐不安席

釋　義	心中有事，坐立不安。
近義詞	坐立不安
反義詞	心安理得

—出處—

且國兵新破，王坐不安席，掃境內而專屬於將軍，國家安危，在此一舉。

（西漢司馬遷《史記·項羽本紀》）

■ 故事背景

宋義、項羽率兵救趙，宋義卻按兵不動，項羽勸宋義立即出戰，以釋懷王的憂慮，拯救國家於危難之中。

秦二世二年（公元前 208 年）項梁率楚軍在定陶再次與秦將章邯對壘，由於之前幾場戰事都擊敗秦軍，項梁自覺勝券在握，大將軍宋義提醒項梁切勿輕敵，然而項梁沒有理會。宋義與齊國使者高陵君顯見面時也提過這憂慮。果然項梁戰死，楚軍戰敗。章邯率軍攻趙，包圍鉅鹿，趙王向各路諸侯求援。

楚後懷王大驚，重新整頓軍隊，並商議救趙良策。高陵

君顯剛好在座，他向懷王道出宋義能預見項梁戰敗，定必是懂得用兵之人，向懷王舉薦宋義。懷王遂命宋義為上將軍，項羽為次將軍，范增為末將軍，一同率軍救趙。其他各路軍隊亦由宋義指揮，並稱宋義為卿子冠軍。

楚軍到安陽後，停留當地四十六天仍然按兵不動。項羽便跟宋義說：「聽說秦軍已將鉅鹿重重包圍，我們應立刻率軍渡過黃河，從外圍攻擊秦軍，趙軍在城內向外攻擊，裏外夾攻，定能打敗秦軍。」宋義反對，認為應待秦、趙兩國先打個你死我活，若秦軍戰勝，楚軍就趁着秦軍疲憊時攻打他們；假若秦軍戰敗，楚軍就擂鼓西攻，一舉消滅秦軍。宋義更取笑項羽有勇無謀：「論衝鋒陷陣，我未必及你，但論到坐下來運籌策劃，你就絕對不及我。」他還下令凡兇

猛、狠戾、貪功而不聽號令的人一律處斬。

宋義隨後派兒子宋襄往齊國當國相，親自送兒子到無鹽時，還設宴招待賓客。當時天氣嚴寒，天下大雨，士兵捱飢抵冷，項羽對士兵說：「本應合力攻秦，卻遲遲不發兵。今年又遇上饑荒，百姓貧困，士兵只能吃野菜雜豆充飢。軍中沒有存糧，卻飲酒大宴賓客。不率軍渡過黃河取趙國糧食當軍糧，與趙國合力抗秦，卻說甚麼『待秦軍疲憊才發動攻擊』。以秦軍強勢，定能打敗剛建立的趙國。趙國若被消滅，秦軍定必士氣大振，哪裏有疲乏之機可乘。何況我軍剛吃了敗仗，大王正坐立不安，國家將全國軍力交付將軍，國家安危，在此一舉。如今不體恤士兵，只滿足一己之私，他絕不是安定社稷的賢臣。」

早上，項羽到營內進見宋

義時，就斬下宋義的頭，出帳後即向軍隊發佈命令：「宋義與齊國人合謀作反，楚王密令我把他殺掉。」軍中無人敢抗拒，都說當日擁立楚王的是項將軍家族的人，如今又是你剷除亂臣賊子，於是一同擁立項羽為代理上將軍。項羽立即派人追殺宋義兒子宋襄，並派遣桓楚向懷王報告。懷王因此任命項羽為上將軍，當陽軍和蒲將軍都歸屬項羽指揮。

項羽隨即揮軍橫渡黃河，直達鉅鹿，大敗秦軍（鉅鹿之戰）。作戰期間，各國諸侯沒有一個發兵支援。項羽大勝後召見諸侯將領，他們都不敢抬頭仰視項羽。經此一役，奠定了項羽日後稱霸為王的地位。

歷代例句

朕用怛然，坐不安席，食不甘味，整軍誥誓，將行天罰。（西晉陳壽《三國志・蜀志・張飛傳》）

臣等叩心絕氣，坐不安席。（北齊魏收《魏書・禮志》）

朕即位二年，水旱繼作，致災之故，實惟沖人。既延及於無辜，複貽憂於文母。是以坐不安席，食不甘味。（宋蘇軾《賜文武百寮文彥博已下上第一表請皇帝御正殿復常膳不允批答》）

司徒王允歸到府中，尋思今日席間之事，坐不安席。（明羅貫中《三國演義》第八回）

謀臣猛將

秋毫無犯　項莊舞劍，意在沛公　勞苦功高

秋毫無犯

釋　義　絲毫不加侵犯。常用作形容軍隊紀律嚴明，不侵犯老百姓的利益。

近義詞　雞犬不驚、道不拾遺

反義詞　胡作非為、無惡不作

項莊舞劍，意在沛公

釋　義　比喻利用某種藉口掩飾真正企圖。

勞苦功高

釋　義　形容做事勤苦而功勞很大。

近義詞　功德無量、公垂竹帛

反義詞　徒勞無功、勞而無功

■ 故事背景

鴻門宴上，范增欲借項莊舞劍娛賓時趁機刺殺劉邦，但沒有成功。宴上，樊噲請項羽勿聽信讒言，誅殺勞苦功高的劉邦。

秦王子嬰元年（公元前207年），劉邦大破秦軍，進佔關中。由於楚後懷王曾與諸侯有「誰先入關中，誰就當關中王」的承諾，令遲來一步的項羽大怒，加上左司馬曹無傷派人向項羽謊稱劉邦欲稱王，項羽決定在鴻門設宴，待劉邦到來時把他殺死。

項羽的叔父項伯與張良相識多年，擔心張良也被牽連，

乘夜趕往劉邦軍中，勸張良跟他離去。然而張良拒絕，還將這消息告知劉邦。劉邦請項伯進營內，向項伯解釋，自己進入關中後，連羽毛那麼細小的東西都沒有動半分，只登記了官民的戶籍，查封了各類倉庫，並等着項將軍到來，絕無稱王企圖。項伯相信劉邦之言，並囑咐劉邦翌日親往鴻門向項羽解釋。

大清早，劉邦帶着張良、樊噲和百餘名隨從到鴻門向項羽謝罪，並解釋只是小人挑撥離間，才產生這次誤會。項羽回應稱來通風報信的是曹無傷派來的人，他才會起疑心。既然是一場誤會，也就作罷，並留着劉邦一同把酒談歡。

席間，范增一再向項羽打眼色，舉起自己的玉玦三次，示意項羽盡快行動，但項羽未有理會。范增於是出外召喚項羽的堂弟項莊，對項莊說：「大王不忍下手，不若你進內向大王敬酒祝壽，祝壽完畢，再奏請大王准你舞劍娛賓，趁機殺死劉邦。若不這樣做，將來你們都要被劉邦俘擄。」項莊依計行事，得到項羽同意後便立即拔劍起舞，這時，項伯也拔起劍來與項莊共舞，並一再以身體掩護劉邦，令項莊未能得逞。

張良眼見勢色不對，借故離席到軍門外召喚樊噲。樊噲問道：「今日情況怎樣了？」張良答道：「形勢危急，項莊拔劍起舞，真正用意一直放在沛公（劉邦）身上。」

—秋毫無犯—

吾入關，秋毫不敢有所近，藉吏民，封倉庫，而待將軍。

（西漢司馬遷
《史記‧項羽本紀》）

029

─項莊舞劍，意在沛公─

今者{項莊}拔劍舞，其意常在{沛公}也。

（西漢司馬遷
《史記・項羽本紀》）

樊噲說：「這麼說來，真的很危險了，讓我進去與沛公共生死！」樊噲便立刻帶着寶劍，手持盾牌闖進軍門，頭髮直豎，氣憤得眼睛像要跌出來一樣瞪着項羽。項羽看到有人突然闖入，按着寶劍彈跳起身來喝問：「來者是誰？」張良說：「他是為沛公（劉邦）駕馬車的樊噲。」項羽放下心來，還賜樊噲享用酒肉。樊噲謝過項羽，便坐下來，將盾牌放在地上，直接把豬肘放在盾牌上，以寶劍邊切邊吃。項羽又對樊噲說：「壯士，還可以再喝酒嗎？」樊噲回應：「臣連死也不怕，一杯酒又有何足懼！」還借故說道：「秦王有虎狼之心，殺人如麻，用盡酷刑，天下百姓都背棄他。楚後懷王曾與諸侯相約，說過『誰先滅秦軍進入咸陽，就封為關中王。』沛公首先破秦，進入咸陽，但他沒有取走半點財富，還封鎖宮室，退軍到霸上，以便等待大王來臨。沛公派將領把守函谷關，不過是為了防禦其他盜賊和意外發生。像沛公這樣做事勤苦，本來居功至偉，現在不僅沒有得到獎賞，你還聽信讒言，想誅殺有功的人。你這樣做只會重蹈秦亡的覆轍，我相信大王是不會這樣做的。」

項羽一時間無言以對，唯有請樊噲坐下。樊噲便跟隨張良就座。坐了一會，劉邦起身如廁，並叫樊噲一起出去。兩人走出來不久，便決定立即逃回軍中。

范增眼見項羽白白錯失殺掉劉邦的大好機會，氣憤得拔劍斬破玉玦，並斷言劉邦將會奪取項羽天下。

─勞苦功高─

勞苦而功高如此，未有封侯之賞，而聽細説，欲誅有功之人。

（西漢司馬遷《史記·項羽本紀》）

―――――― 歷代例句 ――――――

持軍整齊，秋毫無犯。（南朝宋范曄《後漢書·岑彭傳》）

春音已回枯草綠，秋毫不犯鬼神欽。（清錢彩等《說岳全傳》第八十回）

在康有為之意，志在成名，如項莊舞劍，志在沛公，今見成名動也不動，已自愧悔。（清黃世仲《大馬扁》）

王賁捷書至咸陽，秦王大喜，賜王賁手書，略曰：「將軍一出而平燕及代，奔馳二千餘里，方之乃父，**勞苦功高**，不相上下。」（明馮夢龍《東周列國志》第一〇八回）

今天晚上，她母親和她細細一談，也許她就知道我對於她**勞苦功高**，會有所感動了。（近代張恨水《啼笑姻緣續集》）

這是決戰的最後五分鐘了！這一班**勞苦功高**的「英雄」，手顫顫地舉着「勝利之杯」，心頭還不免有些怔忡不定。（近代茅盾《子夜》）

素車白馬
約法三章

素車白馬
釋 義　騎白馬，乘素車。舊時辦喪事用的車馬，後被用作送葬的語詞。

約法三章
釋 義　原指事先約好或明確規定的事，泛指訂立簡單的條款，以茲遵守。

—出處—

{秦王}{子嬰}素車白馬，繫頸以組，封皇帝璽符節，降軹道旁……與父老約，法三章耳：殺人者死，傷人及盜抵罪。

（西漢司馬遷
《史記·高祖本紀》）

■ 故事背景

劉邦兵臨咸陽，秦王子嬰投降後，劉邦與關中百姓約法三章，廢除秦朝苛政。

秦王政三十七年（公元前210年），秦始皇駕崩，秦二世胡亥繼位，羣雄並起反秦。項梁以重建楚國為口號，擁立楚懷王的孫兒熊心為王，稱為楚後懷王（項羽尊稱他為楚義帝）。劉邦率沛縣部眾投奔楚。

秦二世二年（公元前208年），項梁戰死，秦將章邯北上攻趙，楚後懷王派宋義、項羽等人往救趙國，派劉邦進攻關中，並許下諾言「誰先平定關中，就由誰在關中做王」。

翌年，趙高殺死胡亥，改立子嬰為秦王，其後子嬰殺了趙高，取得大權。不久，劉邦率軍攻抵霸上，兵臨咸陽時，派人勸子嬰投降。子嬰眼見羣臣背棄，唯有穿着葬禮時穿的縞素衣服，駕着白馬車，以繩索綑綁自己，攜同皇帝的玉璽和兵符等御用物品，在軹道旁向劉邦投降。當時劉邦多位將領都建議處決子嬰，但劉邦說：「當初楚後懷王派我攻關中，就是認為我待人寬厚。再說人家已經投降了，又殺掉人家，這麼做恐會不吉利。」於是把子嬰交給隨行的官吏看管，他便繼續西進咸陽。

劉邦進入咸陽後，看到皇宮富麗堂皇，本想住進皇宮，但樊噲和張良勸阻，他才下令封存宮中的貴重財寶和庫府，然後退回霸上。他並召來關中各縣的父老和有才德名望的人，對他們說：「各位父老忍受秦朝嚴苛法令已經很久了，批評朝政得失就要滅族，結集一起談話也要被處死。我曾和諸侯約定，誰先入關中，誰就在這裏稱王，所以，我應當在這裏做大王。現在與大家約定三項法例：殺人者處死，傷人者和搶劫者就依法治罪。其餘的秦國法規一律廢除，所有官吏和百姓可以像往常一樣生活。總之，我到這裏來，就是要為百姓除害，絕不會傷害你們，請大家不要害怕。而且，我退兵回霸上，只是想等各路諸侯到來，共同制定規章罷了。」他隨即派人與秦國官吏一起巡視各縣鄉鎮，向百姓解釋情況。關中百姓大喜，爭相拿着牛羊酒食慰勞士兵。劉邦又拒不接受，說道：「我們有足夠糧食，大家不要破費了。」百姓們更加高興，唯恐劉邦不在關中做王。

可惜約一個月後，項羽

率領四十萬大軍到了關中，只有十萬士兵的劉邦大懼，只得拱手相讓，退出咸陽。項羽進入咸陽後，殺掉子嬰，焚燒秦國宮室，三月不熄。他所到之處大肆破壞，令關中百姓大為失望。

■ 延伸閱讀

項羽與劉邦相爭之初，貴族出身的項羽，無論是身份地位抑或軍力，都遠勝過小小沛縣亭長出身的劉邦。結果，所謂得民心者得天下，最終劉邦卻取得了天下。

劉邦率兵攻入秦都咸陽後，聽從張良和樊噲的勸告，將秦宮和宮內的貴重財寶，封存保護，嚴禁搶掠。還與百姓約法三章，文明訂下法規，廢除秦朝苛政。即使咸陽城內百姓送上酒食，也推辭不受，令百姓大為稱善。反觀後來項軍入城，火燒秦宮，大肆搶掠。項羽自封為楚王後，流放楚後懷王，只分封自己親信，後來還坑殺投降的二十萬秦兵。

項羽分封不公，惹怒諸侯；屠殺搶掠，民不聊生。軍心、民心的向背，項羽、劉邦兩人，一失一得，明顯不過了。

失民心者失天下，得民心者得天下，從政者自當切記。

歷代例句

〔高祖〕初入〔關〕，**約法三章**。（東漢班固《漢書‧刑法志》）

乃見有素車白馬，號哭而來。（南朝宋范曄《後漢書‧范式傳》）

蕭何月下追韓信
國士無雙
登壇拜將
築壇拜將

蕭何月下追韓信
釋　義　比喻挽留人才，對人才的重視。

國士無雙
釋　義　指國家獨一無二的人才。
近義詞　海內無雙

登壇拜將
釋　義　任命將帥時的隆重儀式。

築壇拜將
釋　義　指仰仗賢能。

■ 故事背景

劉邦接納蕭何之言，齋戒沐浴，築起壇場，拜韓信為大將軍，以示誠意。

韓信曾跟隨項梁和項羽反秦，但因出身卑微沒有被重視，即使投奔劉邦初期，常有機會與蕭何談論天下大事，蕭何亦一再向劉邦推薦韓信，但始終沒有得到劉邦重用。

漢王元年（公元前206年），秦朝滅亡，項羽自立為西楚霸王，分封滅秦有功的十八路諸侯時，封劉邦為漢王，領巴、蜀和漢中三郡，定都南鄭。劉邦西往南鄭途中，跟隨的將士中，部分來自東部的士兵都不斷唱起故鄉的歌，表達想回到東部故鄉的心聲，

有些將士甚至中途跑掉。此時，韓信估計蕭何等人應已多次向劉邦舉薦自己，但劉邦仍沒有重用他，失望之餘，也就逃離漢營。蕭何得悉後，來不及向劉邦報告，便親自追趕他。有人向劉邦報告，蕭丞相逃跑了，劉邦大怒，又像失去左右手一樣憂心忡忡。過了一、兩天，蕭何回來拜見劉邦，劉邦既生氣又高興，罵蕭何道：「你竟然逃跑！到底是甚麼緣故？」蕭何答道：「我不敢逃跑，我是去追回逃跑的人。」劉邦覺得奇怪，追問道：「你追回誰？」蕭何回答是韓信時，劉邦更感奇怪，說道：「早前已有幾十個將領逃走，你都沒有追，卻去追韓信，分明是一派胡言。」蕭何說：「那些將領很容易找到，但要像韓信那麼傑出的人才，普天之下找不到第二個了。大王如果只打算長時間守在漢中，當然用不着韓信；如果要奪取天下，除了韓信，再沒有其他可以和你商議大事的人，就看大王怎麼決定了。」

─蕭何月下追韓信─

至南鄭，諸將行道亡者數十人，信度何等已數言上，上不我用，即亡。何聞信亡，不及以聞，自追之。

（西漢司馬遷
《史記・淮陰侯列傳》）

─國士無雙─

諸將易得耳；至如信者，國士無雙。

（西漢司馬遷
《史記・淮陰侯列傳》）

劉邦說：「我當然是要向東發展，怎會甘心一直待在這裏呢！」蕭何便說：「大王既決定向東發展，如果能夠重用韓信的話，韓信就會留下來，若不能重用，韓信最終還是會逃離的。」劉邦雖然對韓信印象不深，但既然蕭何推薦，就姑且給韓信當個將軍，但蕭

何說：「韓信即使當上將軍，還是會離開的。」劉邦無奈，唯有說：「那就任命他做大將軍吧！」蕭何大呼叫好，劉邦便打算將韓信召來任命他。但蕭何又說：「大王一向對人輕慢，不講禮數，現在任命大將軍就像呼喚小孩一樣毫無誠意，這正是韓信逃走的原因啊！大王如果決定任用他，就要選定良辰吉日，親自齋戒沐浴，築起高壇和廣場，隆而重之地拜封他為大將軍才好呀！」劉邦答應蕭何的要求。一眾將領聞說要拜封大將軍都很興奮，人人都以為自己要當大將軍。等到任命大將軍當日，才發現獲任命的竟然是韓信，人人嘖嘖稱奇。

韓信拜將後立即為劉邦分析楚、漢形勢，又提出滅楚策略（見匹夫之勇），劉邦依韓信之言進行部署，率兵東返攻楚，為歷時接近五年的楚漢之爭掀開戰幔。

─登壇拜將─

{何}曰：「王素慢無禮，今拜大將如呼小兒耳，此乃{信}所以去也。王必欲拜之，擇良日，齋戒，設壇場。具禮，乃可耳。」王許之。

（西漢司馬遷《史記‧淮陰侯列傳》）

─築壇拜將─

{漢王}齊戒設壇場，拜{信}（{韓信}）為大將軍，問以計策。

（東漢班固《漢書‧高帝紀》）

註：齊讀齋。

037

貞觀八年詔特進代國公李靖為行軍大總管，登壇拜將，授鉞行師。（唐楊炯《昭武校尉曹君神道碑》）

這瀝泉原是神物，令郎定有登臺拜將之榮。（清錢彩《說岳全傳》第四回）

計將安在？小生當築壇拜將。（元王實甫《西廂記》第三本·第一折）

一遇漢祖，築壇拜將，捧轂推輪，後封王爵以酬其功。（明馮夢龍《喻世明言》第三十一卷）

獨當一面

釋　義　**單獨負責一方的重任。**
近義詞　獨立自主、自力更生
反義詞　俯仰由人、仰人鼻息

—出處—

而｛漢王｝之將獨｛韓信｝
可屬大事，當一面。

（西漢司馬遷
《史記・留侯世家》）

■ 故事背景

劉邦問張良誰人可以助他
消滅楚國，張良認為在漢軍中
只有韓信能擔此重任。

漢王元年（公元前 206
年），劉邦被封為漢王，統治
巴蜀和漢中地區。劉邦起程前
往封國，張良送行至褒中時，
劉邦讓張良返回韓國（張良本
為韓國人）。臨別前，張良勸
告劉邦燒掉所經過的棧道，以
示無意東返之心，藉以釋除項
羽的疑慮。劉邦依張良的建議
而行。

張良回韓國後，項羽因張
良曾跟隨劉邦而不肯派韓王到
封國，即使張良解釋劉邦已燒
毀棧道，沒有回來之意，又將
齊王背叛的事上書報告項羽，

但項羽始終沒有讓韓王返回封地。後來貶韓王為侯，最後更在彭城把他殺掉。張良於是逃跑，經小路潛返劉邦那裏。此時劉邦已回軍平定三秦，封張良為成信侯，張良便跟隨劉邦一起東征楚國。

到了彭城時，劉邦為項羽所敗，撤軍到下邑。劉邦下馬後倚着馬鞍問張良：「我打算把關東部分土地作為獎賞，誰可以助我滅楚呢？」張良答道：「九江王黥布是楚國的猛將，他與項羽有些衝突；楚國另一大將彭越亦和齊王聯手，準備背叛項羽，我們可以利用這兩個人。至於大王的將領中，只有韓信有能力擔此大任。如果大王把關東賞給這三個人，打敗楚國，指日可待。」劉邦於是派隨河往遊說黥布，又派人聯繫彭越。不久，魏王豹反漢，劉邦派韓信率兵攻打魏國，並乘勢攻打燕、代、齊、趙等國的封土。果如張良所料，最後擊潰楚國的正是他們三人。

楚漢相爭成語故事

相公握禁兵，擁大旆，**獨當一面**。（後晉劉昫等《舊唐書‧張濬傳》）

卿人物議論皆不常，可**獨當一面**，卿宜少留，當有擢用。（元脫脫等《宋史‧余玠傳》）

自家前日因太真道徽相約會兵同進，與逆峻相持，許久不決，聞得他們將老兵疲，使我**獨當一面**，胸中已自懷疑。（明無名氏《運甓記》）

莊壽香大刀闊斧，氣象萬千，將來可以**獨當一面**。（清曾樸等《孽海花》）

匹夫之勇　婦人之仁　不可勝數

匹夫之勇

釋　義	不用智謀，單憑個人蠻幹的勇氣。
近義詞	有勇無謀
反義詞	深謀遠慮

婦人之仁

釋　義	處事姑息優柔，不識大體。
近義詞	優柔寡斷
反義詞	斬釘截鐵

不可勝數

釋　義	形容數量極多，數也數不過來。
近義詞	數不勝數
反義詞	寥寥可數

—出處—

{項王}喑噁叱咤，千人皆廢，然不能任屬賢將，此特匹夫之勇耳。{項王}見人恭敬慈愛，言語嘔嘔。人有疾病，涕泣分食飲；至使人有功當封爵者，印刓敝，忍不能予；此所謂婦人之仁也……且{三秦}王為{秦}將，將{秦}子弟數歲矣，所殺亡不可勝計。

（西漢司馬遷《史記・淮陰侯列傳》）

■ 故事背景

韓信分析項羽的性格弱點，建議劉邦應率軍東返，消滅項羽。

漢王元年（公元前206年），劉邦築壇拜將，任韓信為大將軍。韓信接過任命後，劉邦就直接問韓信有甚麼定國安邦的良策。韓信謙讓一番後

問劉邦：「如今在東方與你爭天下的人不是項羽嗎？」劉邦點頭稱是。韓信請劉邦估計一下自己的實力與項羽相比，誰強誰弱。劉邦想到當日正因為實力遠遠不及項羽而不敢貿然在關中稱王，不禁沉默起來，良久才坦然說出漢軍不及楚軍。韓信再拜，並贊同劉邦的說話，但他接着說：「我曾經跟隨項王，請讓我談談項王的為人吧！項王只要怒吼一聲，千人會嚇得膽顫腿軟，可惜他不願放手任用賢將，所以他不過是個有勇無謀的人。項王待人有禮慈愛，語言溫和，遇上有人患病，他會同情落淚，連自己的飲食也分給他們；然而部下立功應得到封爵時，他卻把官印的棱角磨得光滑了都捨不得給，他像婦人一樣軟心腸，但不懂大體，不是個做大事的人。項王雖然獨霸天下，諸侯被迫臣服，可惜他沒有留

在關中而定都彭城，又違背楚後懷王的盟約，強把自己的親信封王，令諸侯氣憤難平。諸侯見項王將後懷王流放江南，於是一一仿效，也驅逐他們原來的君王而自立為王。項軍所經之處，都慘被踐踏蹂躪，在他的淫威下，百姓敢怒而不敢言。他名義上雖然是天下人的領袖，但實際上他已失去民心，很快便會衰敗滅亡。如果大王你能反其道而行，任用天下有勇有謀之士，何愁不能消滅敵人！在關中封王的章邯、董翳和司馬欣都是昔日秦國的將軍，過去幾年追隨他們四處征戰的秦國子弟，戰死或逃亡的多不勝數。三人欺騙部下投降項王，誰料項羽在新安時坑殺了秦國降兵二十餘萬，獨他們三人不但平安無事，項王還強行封他們為王，秦國百姓對他們恨之入骨。你領兵入關中時，秋毫無犯，你廢除秦國的

苛酷刑法，與百姓約法三章，秦國的百姓都想擁戴你在關中為王。而根據當初後懷王與諸侯的約定，本來就應該由你在關中稱王，關中百姓無不知曉這事。可惜你被迫受封為漢中王，關中百姓無不怨恨項王。

如果大王你現在起兵東返，先攻打三秦，只要一聲號令，即可收復。」

劉邦聽後大為興奮，覺得實在太遲任用韓信了。劉邦就聽從韓信的謀劃，部署各路將領先攻三秦，逐步進擊項羽。

楚漢相爭成語故事

此匹夫之勇，敵一人者也。（春秋孟子《孟子·梁惠王下》）

吾不欲匹夫之勇也，欲其旅進旅退也。（戰國左丘明《國語·越語上》）

吳王有婦人之仁，而無丈夫之決。（明馮夢龍《東周列國志》第八十回）

百姓飢寒凍餒而死者不可勝數。（春秋墨翟《墨子·非攻》）

自董卓以來，豪傑並起，跨州連郡者不可勝數。（西晉陳壽《三國志》）

學備古今，才兼文武，身無祿位，妻子飢寒者，不可勝數。（北齊顏之推《顏氏家訓·勉學》）

而權貴之家子弟親戚，因緣請託，不可勝數，為三司使者常以為患。（北宋歐陽修《歸田錄》）

孔子之門豪俊士，不可勝數。顏子獨處其上，而莫能先之。（明方孝孺《與王微仲書》）

一時亂將起來，舳艫簸蕩，乍分乍合，溺死者不可勝數。（明馮夢龍《喻世明言》第二十二卷）

暗度陳倉

釋　義　正面迷惑敵人，而從側翼進行突然襲擊。亦比喻暗中進行活動。

近義詞　聲東擊西

反義詞　明目張膽

—出處—

八月，漢王用韓信之計，從故道還，襲雍王章邯。邯迎擊漢陳倉，雍兵敗，還走；止戰好畤，又復敗，走廢丘。漢王遂定雍地。

（西漢司馬遷《史記・高祖本紀》）

■ 故事背景

劉邦採用韓信的計策，暗中取道陳倉，擊敗章邯，從原先往漢中時走過的路返回關中。

漢王元年（公元前 206 年），項羽滅秦後自封為西楚霸王，統治梁、楚地區的九個郡，定都彭城。他分封十八路諸侯，其中劉邦為漢王，統領巴、蜀、漢中地區，以南鄭為國都；關中則一分為三，分封予秦國三名降將：章邯、司馬欣和董翳（史稱三秦）。部分諸侯因不滿分封而互相攻伐。

劉邦雖然不滿項羽背棄盟約，但自知無力反抗項羽，唯有前往封國。項羽派三萬士卒跟隨劉邦，楚軍和諸侯的軍隊

中因敬慕劉邦而自願跟隨劉邦的也有幾萬人。劉邦聽從張良的獻計，從杜縣往南進入蝕地的山谷中，一路上軍隊將走過的棧道全部燒毀，以防諸侯或強盜襲擊外，亦藉此表示自己無意離開漢中，以減輕項羽對他的猜疑。

軍隊往南鄭途中，已有部分將領和士卒因掛念家鄉而逃走，沒有逃走的也唱着想要東返老家的歌曲。韓信勸劉邦說：「項羽分封有功勞的將軍為王，唯獨大王你卻被封到南鄭，這無疑是貶黜你到偏遠之地。派給你的將領士卒都是太行山以東地區的人，他們日夜盼望回鄉，若能夠利用他們渴望回鄉的熾熱心情，就能建立偉大功業。若天下安定以後，人人樂享太平，到了那時候，你再難有這大好時機了。不如現在就把握機會，重返東方，爭奪天下。」

漢王元年八月，劉邦依照韓信的計策。從原先來到漢中時走過的路返回關中，劉邦派人修復本來已被燒毀的棧道，與劉邦相鄰的雍王章邯看在眼裏，以為修復棧道的工程艱巨，並非一時三刻就可以完成，也就不以為意，卻原來漢軍已暗中取道小路進軍陳倉，襲擊章邯（明修棧道，暗度陳倉）。章邯的軍隊戰敗，退兵到好時縣，又與漢軍相遇，再次戰敗，逃到廢丘。漢軍繼續將章邯團團圍住，劉邦平定雍地，繼續向東進軍咸陽。昔日秦國降將塞王司馬欣、翟王董翳亦相繼戰敗，投降劉邦。漢軍瓦解三秦，佔領關中。

楚漢之爭，正式掀開戰幔。

孤家用韓信之計，明修棧道，暗度陳倉，攻完三秦，劫取五國。（元尚仲賢《氣英布》）

痛入骨髓

釋　義　痛到骨頭裏。比喻痛恨或悲傷之極。

近義詞　痛心入骨、痛徹骨髓

—出處—

至｛新安｝，｛項王｝詐阬｛秦｝降卒二十餘萬，唯獨｛邯｝、｛欣｝、｛翳｝得脫，｛秦｝父兄怨此三人，痛入骨髓。

（西漢司馬遷《史記·淮陰侯列傳》）

■ 故事背景

韓信認為秦國百姓對章邯、司馬欣和董翳恨之入骨，劉邦要平定三秦，易如反掌。

韓信本來是跟隨項梁和項羽的義軍反秦，但因為在項羽軍中鬱鬱不得志，故改為投靠劉邦。劉邦最初亦以韓信出身卑微而沒有加以重用，韓信便離開漢軍。蕭何得悉後追回韓信，並向劉邦形容韓信是唯一一個可以助劉邦取得天下的人，建議劉邦築壇拜將。劉邦按蕭何建議，拜韓信為大將軍（見築壇拜將）。

儀式後，劉邦急不及待就直接問韓信有甚麼計策可助他

爭回天下，韓信給劉邦詳細分析項羽的性格弱點（見匹夫之勇、婦人之仁），並認為項羽背信棄義，殘暴不仁，已失去民心。他解釋，項羽恃勢違背楚後懷王的盟約，強行稱王後卻沒有留在關中而定都彭城。項羽強行封自己的親信為王，惹怒了諸侯。而項軍所到之處，以暴力殘害百姓，百姓敢怒而不敢言。

韓信說：「最令秦國百姓憤怒的是項羽封秦國三個降將章邯、董翳和司馬欣為王。過去幾年，秦國子弟追隨他們四處征戰，戰死沙場或逃亡的多不勝數。三人欺騙部下投降項羽，項羽在新安時卻將這些降兵坑殺，多達二十餘萬，而他們三人不僅平安無事，還獲項羽封賞，秦國百姓對他們恨之入骨。大王你當日領兵入關

中時，廢除秦國的苛酷刑法，還與百姓約法三章，令關中秋毫無犯，秦國百姓都擁戴你在關中稱王。秦人都知道後懷王與諸侯曾有誰先入關中就誰稱王的約定，可惜你被迫離開關中，受封為漢中王，關中百姓無不怨恨項羽，因此，若大王現在起兵東返，第一仗就攻打三秦的話，我相信，只要你一聲令下，要收復三秦，易如反掌。」

劉邦聽後大喜，還懊悔自己太遲得到韓信，立即採納韓信之言。漢王元年八月（公元前206年），劉邦暗中取道小路進軍陳倉，襲擊章邯（明修棧道，暗度陳倉）。章邯不虞有詐，瞬即被擊敗，司馬欣和董翳亦相繼投降劉邦。漢軍瓦解三秦佔領關中，劉邦繼續領軍東進，與項羽一爭天下。

樊將軍仰天太息流涕曰：「吾每念常痛於骨髓，顧計不知所出耳！」(先秦《戰國策‧燕策三》)

宋襄公志欲求伯，被楚人捉弄一場，反受大辱，怨恨之情，痛入骨髓，但恨力不能報。(明馮夢龍《東周列國志》第三十四回)

秋痕一人，終久無個結局，所以痛入骨髓。(清魏子安《花月痕》)

衣繡夜行

釋　義　指夜裏穿着錦繡衣服走路。比喻不能在人前顯
示榮華富貴。

近義詞　衣錦夜行

反義詞　榮歸故里、衣錦還鄉

─出處─

{項王}見{秦}宮室皆以燒
殘破，又以心懷思東歸，
曰：「富貴不歸故鄉，如衣
繡夜行，誰知之者！」

（西漢司馬遷
《史記·項羽本紀》）

註：東漢班固《漢書·項藉傳》作
「衣錦夜行」。

■ 故事背景

項羽滅秦後，決定東返故
鄉，希望在鄉里面前展示自己
榮華富貴。

秦王子嬰元年（公元前
206年），項羽率兵進入咸陽
後大肆屠殺百姓，殺死了秦王
子嬰，放火燒毀秦朝宮室，阿
房宮焚燒三個月仍未熄滅。又
掠奪大量金銀財寶和婦女準備
東返家鄉。項羽的謀士韓生
說：「關中有山河阻隔，土地
肥沃，可以在這裏建立都城，
稱霸天下。」然而，項羽眼見
秦朝宮室已被燒得一片頹垣敗
瓦，加上心裏掛念已離開多年
的故鄉，於是說：「富貴而不

回家鄉，猶如穿着錦繡衣裳在夜間行走一樣，有誰能知道我已擁有榮華富貴呢！」韓生退下後譏諷項羽，說道：「人家說楚國人是戴着帽子的猴子，果真如此。」項羽得悉韓生譏諷他是粗鄙之徒後大怒，馬上將韓生烹殺了。

其後他向楚後懷王報告入關破秦情況，尊後懷王為義帝，自封西楚霸王，自己統治梁、楚九郡，定都彭城，並將土地分封給滅秦有功的將領。

歷代例句

上（漢武帝）謂買臣曰：「富貴不歸故鄉，如衣繡夜行，今子何如？」買臣頓首辭謝。（東漢班固《漢書‧朱買臣傳》）

古人說：「富貴不還鄉，就如衣錦夜行。」那有知得？大人不如趁滿任回來。（清黃世仲《廿載繁華夢》第二十回）

立錐之地

釋　義　插錐尖的一點地方，形容極小的一塊地方。也
　　　　指極小的安身之處。
近義詞　立足之地、插針之地
反義詞　廣闊天地、廣土眾民

—出處—

今{秦}失德棄義，侵伐諸
侯社稷，滅六國之後，使無
立錐之地。

（西漢司馬遷
《史記・留侯世家》）

■ 故事背景

鄘食其建議劉邦封六國後
裔為王，他們會感恩而協助劉
邦攻打項羽。

漢王三年（公元前 204
年），劉邦在彭城大敗，被楚
軍圍困於滎陽，劉邦驚恐萬
分，與謀士鄘食其商量削弱項
羽的計策。鄘食其說：「從前
商湯討伐夏桀時，將夏朝的後
代封在杞國。周武王討伐商紂
時把商朝的後代封在宋國。秦
王失德棄義，侵伐諸侯國家，
滅掉六國（戰國時的齊、楚、
燕、韓、趙、魏），令六國的
後代連小小的安身之所都沒
有。大王如果能夠刻鑄印璽，
派人到各地尋回六國的後代，

封他們為王，授予他們印璽，六國的君臣百姓一定會感恩戴德，向你歸順，甘願做大王的臣民。接下來推行德政，大王就可以南面稱霸，到時項羽一定會整理衣冠，恭恭敬敬地前來朝拜。」劉邦聽後大喜，說道：「好！快去刻鑄印信，先生你就可以帶着它出發了。」

不過，張良得悉後，向劉邦提出了八個理由，反對劉邦這樣做（見倒載干戈），劉邦聽後立即叫停這計劃。

歷代例句

堯舜有天下，子孫無置錐之地。（先秦莊子《莊子雜篇．盜跖》）

天地如此之大，難道竟連一個十八歲的女孩子的立錐之地都沒有？（當代楊沫《青春之歌》）

偃武行文
釋義　停止戰爭，振興文教。
近義詞　偃武修文

倒載干戈
釋義：把武器倒着放起來，比喻沒有戰爭，天下太平。
近義詞　倒置干戈、倒戢干戈

—出處—

{殷}事已畢，偃革為軒，倒置干戈，覆以虎皮，以示天下不復用兵。今陛下能偃武行文，不復用兵乎？

（西漢司馬遷
《史記・留侯世家》）

■ 故事背景

酈食其建議劉邦封六國的後人為王，讓他們合力攻打項羽。但張良提出八個原因勸阻劉邦。

漢王三年（公元前204年），劉邦在彭城大敗，被項羽圍困於滎陽，形勢險峻。謀臣酈食其建議劉邦仿效商湯伐桀和周武王伐紂那樣，封六國的後人為王，拉攏他們一同攻打項羽。（見立錐之地）

酈食其還未啟程，張良剛從外面回來拜見劉邦。劉邦正在吃飯，邊吃邊跟張良說有客人提出了這個削弱楚國力量的方法，並詢問張良的意見。張良問道：「是誰給大王你出

這主意？大王的大事要完蛋了。」劉邦大為詫異，說道：「為甚麼呢？」張良說：「大王，請容許我用你面前的筷子為你分析一下形勢。」

張良接着說：「從前商湯征伐夏桀時，把夏朝的後代封在杞國，是因為估計能置桀於死地。現在陛下能殺掉項羽嗎？」劉邦說：「不能。」

張良續說：「這是不能那樣做的第一個原因。周武王討伐商紂，把商朝後代封在宋國，那是估計能夠得到商紂的頭顱，現在大王有能力取得項羽的頭顱嗎？」漢王又答：「不能。」

張良說：「這是不可以那樣做的第二個原因。周武王攻佔殷商的都城時，在商容（商代末年的賢臣，因多次勸諫而被紂王罷黜）居住的里巷表彰他的德行，釋放被囚禁的箕子（紂王叔父，因勸諫惹怒紂王而被囚禁），修整比干（紂王叔父，相傳是商末另一位忠臣）的墳墓。現在大王能修整聖人的墓穴，在賢人的里巷表彰他們的德行，在智者的門前向他們致敬嗎？」漢王說：「不能。」

張良續說：「這是第三個原因。武王曾發放巨橋糧倉的存糧、鹿台庫府的錢財救濟貧苦百姓，如今陛下可以做到散發倉庫的財物救濟窮人嗎？」漢王說：「不能。」

張良說：「這是第四個原因。周武王滅紂後，把戰車改成搭載民眾的馬車，將武器倒過來擺放，蓋上虎皮，向天下表明不再打仗了。如今大王可以停止征戰，推行文治，不再打仗嗎？」漢王說：「不能。」

張良又說：「這是第五個原因。周武王將戰馬放牧到華山南邊，以表示不再需要用戰馬。現在大王能夠讓戰馬休息

嗎？」漢王說：「不能。」

張良說：「這是第六個原因。武王把牛放牧到桃林的北邊，以表示不再運送軍隊的物資糧草。現在大王能放牧牛羣，不再運送戰爭用的物資嗎？」漢王說：「不能。」

張良說：「這是第七個原因。還有的是，現在天下的遊士都離開他們的親人，捨棄祖墳，離開老朋友，跟隨大王四處征戰，日盼夜望都是希望得到一塊封地。若恢復六國，立韓、魏、燕、趙、齊、楚之後，天下遊士就會各自回去侍奉他們的君主，與親友團聚，

返回他們的舊友和祖墳的所在地。到時，大王還可以和誰一起打天下呢？這是不能那樣做的第八個原因。大王目前只需要防止楚國強大，若封六國的後代，大王又怎樣確保他們臣服於你，而不歸附項羽呢？所以，如果大王採用客人的計謀，大王的大事就完了。」

漢王越聽越驚，連飯也吃不下，留在嘴裏的食物都吐了出來，大罵道：「這個愚蠢的儒生，險些壞我大事了！」立即命人趕快燒毀那些印信，取消這計劃。

倒載干戈，包之以虎皮，將帥之士……然後天下知武王之不復用兵也。（西漢戴聖《禮記‧樂記》）

偃革為軒，倒戢干戈，示不復用武。（東漢荀悅《漢紀‧高祖紀》）

倒戢干戈，苞以獸皮。（唐房玄齡等《晉書‧華譚傳》）

一戎而倒載干戈，萬國而混同文軌。（北宋王禹偁《單州成武縣行宮上樑文》）

冀聞「康哉」之歌，偃武行文之美。（三國魏曹植《陳審舉表》）

孝文皇帝偃武行文，當此之時，斷獄數百，賦役輕簡。（北宋司馬光《資治通鑑‧漢紀》）

六出奇計

釋　義　泛指出奇制勝的謀略。

近義詞　出奇制勝

─出處─

凡六出奇計，輒益邑，凡六益封。奇謀或頗秘，世莫能聞也。

（西漢司馬遷
《史記・陳丞相世家》）

■ 故事背景

　　陳平為劉邦提出了六條出奇制勝的策略，助劉邦統一江山，計有：捐金離間項羽君臣；劣質酒食蒙騙楚國使者；夜出子女二千人，解滎陽之圍；躡足請韓信穩定軍心；助劉邦智擒韓信；以及解白登之圍。

　　漢王三年（公元前204年），漢軍被困滎陽多時，仍無法突圍，劉邦憂心忡忡地問陳平有何對策，陳平建議劉邦拿出幾萬斤黃金賄賂楚軍，施行反間計，以項羽性格猜忌多疑，他們內部一定會互相殘殺，到時就可以擊敗楚軍。劉邦聽從陳平之言，便拿出黃

金，任由陳平安排。

陳平成功離間楚軍，楚軍中流出傳言，鍾離眛等將領勞苦功高，但始終不能劃地封王，他們打算聯手消滅項王，瓜分楚國土地，各自稱王。項羽果然聽信流言，懷疑鍾離眛等人，還派使者到漢軍裏打探虛實。劉邦早有準備，特地命人端上豐盛酒宴，見到項羽使者時，卻佯裝吃驚地說：「我還以為是亞父（項羽尊稱范增為亞父）的使者，原來是楚王的使者！」又讓人端走酒餚，換上簡單粗劣的飯菜給楚王的使者。該使者回去後如實稟報，項羽也就懷疑范增起來。范增想盡快攻下滎陽，但項羽已不再信任范增，所以沒有聽從意見。范增發現項羽懷疑自己，一怒之下便辭官歸故里，告老還鄉。范增回鄉途中，因背上的毒瘡發作病逝。

有一晚，陳平趁着月黑風高之際，安排兩千名婦女從滎陽城東門出去，楚軍即時發動攻擊，陳平便和劉邦從滎陽西城門逃離。劉邦隨即進入關中，重新召集敗散的漢兵再次東進。

翌年，韓信打敗齊國，自立為齊王，派使者向劉邦報告，劉邦怒斥韓信，陳平暗地踩一踩劉邦的腳，劉邦有所領會，立即寬容地禮待齊王使者，並派張良正式封韓信為齊王，韓信也就繼續為劉邦效力。在陳平等的出謀獻策下，劉邦最終在漢王五年滅掉楚國。

漢王六年，有人告發韓信造反，劉邦問羣臣意見，將領們都認為應發兵平亂，劉邦默默不語，轉過頭來問陳平。陳平獻計，建議劉邦以巡察各地為由，召集各諸侯在陳縣會面，引韓信前來。劉邦依計而行，韓信不虞有詐，在劉邦往

陳縣的途中迎接聖駕。劉邦即時命人綁起韓信，將韓信帶回洛陽後貶其為淮陰侯，其後改封韓信為楚王。

漢王七年，韓王信（戰國時韓襄王庶孫）私通匈奴造反，陳平跟隨劉邦征伐韓王信。漢軍到了平城白登山時被匈奴圍困，整整七日都沒有飯食充飢，陳平又給劉邦獻策，派人到匈奴單于那邊疏通，結果漢軍成功解圍。劉邦脫身後，再賞賜陳平。

陳平一共六出奇謀助劉邦解困，每次都為此而增加了封邑，共增封六次之多。陳平雖然多次獻策有功，不過陳平對此事始終秘而不宣。

歷代例句

我與你仗蘇張六舌，六出奇計，好歹設法來院中走走。

（明凌濛初《初刻拍案驚奇》卷六）

楚漢相爭成語故事

鋒不可當

釋　義　形容氣勢極盛，不可阻擋。
近義詞　勢不可擋、銳不可當
反義詞　鎩羽而歸

—出處—

{漢}兵遠鬥，窮寇（久）戰，鋒不可當。

（東漢班固
《漢書・韓彭英盧吳傳》）

■ 故事背景

李左車形容漢軍連戰皆捷，氣勢銳不可當，宜用包抄方法截擊漢軍。

漢王三年（公元前 204年），韓信聯同張耳率領數萬漢軍，打算東進取下井陘關後，攻打趙國。趙王歇和成安君陳餘聽說漢軍來襲，便向外宣稱集結二十萬重兵扼守井陘口。

廣武君李左車向陳餘分析漢軍形勢和井陘口的地理環境。他認為韓信渡過西河以來已俘獲魏王、活捉夏說，血洗閼與，一路下來，戰無不勝。現在還得到張耳與他聯手，商議如何攻打趙國，漢軍乘勝離國遠征，士氣如虹，鋒芒銳

不可當。但有道是「從千里以外運送軍糧，士兵難免要捱餓；若就地打柴割草來做飯，軍隊就經常不能吃飽」。而井陘關口道路狹窄，兩輛戰車不能並列前進，騎兵不能並排而行。軍隊要綿延數百里，糧草難免遠遠落後在部隊的後面，所以應該以包抄方法前後夾攻漢軍。他說：「希望你暫時借我三萬精兵，從小路去攔截漢軍的軍需物資。你就深挖戰壕，築起高高的營壘，但固守不戰。到時，他們向前不能交戰，後退又無法撤兵，困在野外又搶掠不到任何糧食，不出十天，我就可以拿着他們兩人的人頭到你面前覆命。希望你認真考慮我的計策，我保證你一定不會落入他兩人手上。」

可惜陳餘性格迂腐，經常宣稱正義之師絕不使用奸詐詭計。他說：「兵法有云：『兵力超過敵人十倍，就可以包圍對方，超過一倍就可以交戰』。韓信號稱帶領精兵數萬，不過是虛張聲勢。而且千里而來，兵馬都已精疲力竭，若現在仍逃避不戰，以後如遇上更強大的敵人，我們怎樣對抗呢？諸侯會認為我們膽怯，而輕易來攻打我們啊！」陳餘沒有採納李左車的計策。

韓信刺探得陳餘沒有採用李左車的意見後大為興奮，率軍直下井陘關，以前後夾擊的方法大敗趙軍，陳餘被殺，趙王歇被擄。李左車則成為韓信的座上客（見情見勢屈）。

當有真人，起於梁沛之間，鋒不可當。（西晉陳壽《三國志‧武帝紀》）

不意杜國越來越猛，鋒不可當。（清陳天華《猛回頭》）

深溝高壘

釋　義　深挖壕溝，高築壁壘。比喻防禦堅固。

近義詞　高壁深塹

—出處—

足下深溝高壘，堅營勿
與戰。

（西漢司馬遷
《史記・淮陰侯列傳》）

■ 故事背景

　　韓信攻打趙國，李左車向
陳餘提出抗敵策略，但陳餘沒
有理會，結果趙軍大敗，陳餘
被殺。

　　漢王三年（公元前 204
年），韓信抓獲魏王豹，攻下
魏國後，劉邦派韓信和張耳帶
兵攻打趙國和代國。兩人不辱
使命，順利擊敗代國，於閼與
捉獲相國夏說後，計劃向東取
道井陘口進攻趙國。

　　趙王歇和成安君陳餘聽
說漢軍來襲，便集結兵力於井
陘口，號稱多達二十萬大軍
抗敵。廣武君李左車認為，
韓信渡過西河，拿下魏王豹和
代國的夏說，血洗閼與，現在
又有張耳輔助，一同攻打趙

國。他們乘勝追擊，氣勢如虹地離開本土攻打遠方的國家，銳不可當。不過，常言道「從千里之外運送糧草，軍人就難以吃得飽，若就地砍柴割草燒火做飯，士兵就不能經常吃得好」。他向陳餘說：「井陘口道路狹窄，只容得下一輛戰車前行，騎兵不能保持完整陣勢並排而行，行軍要長達數百里，遠道而來的糧草必遠遠地落後在軍隊的後方，希望你臨時派三萬奇兵給我，暗中從隱蔽的小路繞過敵軍，攔截敵人的糧草，你則深挖戰壕，築起堅固的壁壘，堅守軍營，但不與敵軍交戰，令他們無法向前進攻。我出奇兵截斷他們的後路，他們被包圍在荒野裏搶不到任何食物，不出十日，敵軍兩個將領的人頭定可送到將軍面前。希望你認真考慮我的建議，不然的話，一定會被他二人抓獲。」

可惜陳餘是一位性格迂腐的讀書人，認為心存正義的軍人是不用陰謀詭計的，他對李左車說：「兵書有云：『兵力大於敵人十倍，就可以包圍敵人，兵力大於敵人一倍，則可以與之交戰。』現在韓信雖然聲稱有數萬大軍，但實際上只不過數千人，就斗膽從千里之外來攻擊我們，漢軍肯定已筋疲力盡。如果我現在仍退縮而不迎擊他們，以後如大敵來臨，我還能戰勝他們嗎？其他諸侯只會認定我是個膽小如鼠的人，就會輕易來攻打我們。」他拒絕了李左車的提議。

韓信派往趙國的探子回報陳餘沒有採用李左車的意見後，韓信大喜，全力進攻趙國。果如李左車所料，趙軍大敗，陳餘被殺。

敵雖高壘深溝，不得不與我戰者，攻其所必救也。〔先秦孫武《孫子兵法・虛實》〕

其倉廩野穀，一皆燒除，高壘深溝，靜以待之。〔西晉陳壽《三國志・法正傳》〕

將軍怒，將深溝高壘；將軍不怒，將懈怠。〔先秦韓非《韓非子・說林下》〕

二軍遠來，只宜深溝高壘，堅守以拒之。〔明羅貫中《三國演義》第十回〕

漢將韓信

胯下之辱

釋　義　從別人胯下鑽過去的恥辱。比喻有才能的人在
　　　　未顯貴時，能夠暫時忍受恥辱。
近義詞　胯下匍伏

—出處—

淮陰屠中少年有侮信者，
曰：「若雖長大，好帶刀劍，
中情怯耳。」眾辱之曰：「信
能死，刺我；不能死，出我
袴下。」於是信孰視之，俛
出袴下，蒲伏。

（西漢司馬遷
《史記・淮陰侯列傳》）

■ 故事背景

　　韓信年少時家境清貧，被
鄉中無賴侮辱。

　　淮陰人韓信出身貧寒，又
沒有出眾的德行，既沒有人推
薦他為官，又沒能力做買賣維
持生計。他經常到親戚朋友家
吃閒飯，人們都不喜歡他。他
曾多次前往下鄉南昌亭亭長家
吃閒飯，長達數個月。亭長的
妻子很討厭他，有一次，她一
大早便把飯煮好，並在床上吃
飯。到了開飯時間，韓信抵達，
發覺亭長妻子沒有為他準備飯
菜。韓信深明他們的用意，一
怒之下便離去，沒有再回來。

韓信在城下的河邊釣魚，有幾位大娘在河邊洗衣服，一位大娘看見韓信肚餓，見他可憐，便拿出飯給韓信吃。幾十日下來，日日如是，直至大娘漂洗完畢，不再來河邊。韓信感激大娘的慈祥，曾向大娘作出承諾，將來一定會好好報答她（見一飯千金）。

韓信外出時總喜歡背着劍，淮陰屠宰場中一些少年無賴侮辱韓信說：「你雖然長得高大，又喜歡佩劍，但骨子裏不過是個膽小鬼。」又當眾侮辱韓信說道：「若不怕死，你就拿劍刺死我，怕死的話，就從我胯下爬過去。」韓信看着那無賴和圍觀看熱鬧的人很久，不發一言，便趴在地上，從那無賴兩腿之間爬了過去。

眾人見狀都譏笑韓信，以為他怯懦膽小。

不久，韓信跟隨項梁反秦，後來改為投靠劉邦，並助劉邦消滅項羽，奪得天下，獲封楚王。他想起年輕時的遭遇，便派人找來那無賴。知道韓信當年受辱的人都以為韓信會報仇，卻沒料到韓信不僅沒有懲罰那無賴，還提拔其為楚國中尉。眾人大惑不解，韓信對他們說：「你們很奇怪我沒有殺他吧！其實他是真正幫助我的人啊！如果我當年殺掉他，不但我難逃懲罰，恐怕連今後我的抱負也難以實現，所以我強忍屈辱，才有今天的成就。他是磨練我的意志，又怎可以不感謝他呢！」

君不見將軍昔忍胯下辱。（南宋陸游《劍南詩稿卷十四・憶荊州舊遊》）

至人之道，用行捨藏，胯下之辱，猶宜俯就。（唐房玄齡等《晉書・劉喬傳》）

韓信受胯下之辱；張良有進履之謙。（明程登吉《幼學瓊林》第一卷）

一飯千金

釋　義　比喻厚厚地報答對自己有恩的人。

近義詞　一飯之恩

反義詞　以怨報德

—出處—

{（韓）信}至國，如所從食
漂母，賜千金。

（西漢司馬遷
《史記・淮陰侯列傳》）

■ 故事背景

韓信獲封楚王後，送贈千
兩黃金給一位洗衣服的老婦，
以報答那老婦在他落魄時給他
飯吃。

韓信祖籍淮陰，年輕時家
境困苦，又沒有好的德行，因
而沒有機會獲得推選做官，又
不懂做生意維持生計，常常要
捱飢抵餓。

韓信經常往城下的河邊
釣魚，希望碰碰運氣。河邊有
許多大娘漂洗衣服，有一位大
娘看到韓信餓了，很同情他的
遭遇，便拿出飯給韓信吃，幾
十日下來都這樣接濟他。韓信
很感激那大娘的慷慨，便說：
「我將來一定要好好的報答
你。」大娘聽後很不高興，說

道：「大丈夫不能養活自己，我不過是可憐你才給你飯吃，會想你報答嗎？」

後來，韓信跟隨劉邦，為劉邦立下不少汗馬功勞。漢王五年（公元前 202 年），劉邦消滅項羽，建立漢朝，封韓信為楚王。韓信到了封地，召見那位曾給他飯吃的老大娘，送給她千兩黃金，以答謝她的恩典。

歷代例句

太史公表他，淮安府祭他，甫能勾一飯千金價。（明湯顯祖《牡丹亭》）

金石之交　推食解衣　言聽計用

金石之交

釋　義	比喻友情像金石一樣牢不可破。
近義詞	生死之交
反義詞	一面之交

推食解衣

釋　義	把穿着的衣服脫下給別人穿，把正在吃的食物讓別人吃，形容對人熱情關懷。
近義詞	解衣推食

言聽計用

釋　義	甚麼主意都採用，形容深受信任。
近義詞	言聽計從
反義詞	一意孤行

■ 故事背景

項羽派武涉遊說韓信背叛劉邦，被韓信拒絕。

秦末，韓信曾跟隨項梁、項羽抗秦。他曾屢次向項羽獻計，可惜項羽都沒有理會他，於是改為投奔劉邦，並獲任命為大將軍。韓信建議劉邦盡快起兵東返，與項羽一爭天下。

漢王三年（公元前 204年），楚漢相爭仍未分勝負，雙方在滎陽爭持不下，劉邦受傷，韓信則殺死了項羽愛將龍且，還攻佔齊地，獲劉邦封為齊王。項羽深感形勢不妙，於是派謀臣武涉當說客，遊說韓信倒戈。

武涉對韓信說：「秦王暴虐，已害苦百姓多年，因此羣

雄並起，同心合力攻打秦國。秦亡後，羣雄按功勞大小獲分封土地，各自在封地上稱王，征戰多年的士兵也得到休息。然而漢王興兵東進，侵犯別人的主權，掠奪別人的封地。已經打敗了三秦，又帶兵出函谷關，收編諸侯的士兵來攻打楚國。漢王野心勃勃，若不能吞併天下誓不罷休。他這樣不知滿足，實在太過分了。何況漢王並非一個可信的人，他落在項王手上已好幾次，項王都因為同情他而讓他活下來，但他剛脫身，就違背盟約，又來攻打項王，這都足以證明他是個不可親近、不值得信賴的人。現在你自以為與漢王的交情像金石般牢不可破，盡心盡力為漢王打仗，但最終你仍會被他擒拿的。你之所以能夠生存到現在，是因為項王還活着。現在漢王和項王爭奪天下，誰勝誰負，你是關鍵人物。你站在漢王的一邊，漢王就會勝利；若你站在項王一邊，項王就會勝利。如果項王被消滅，漢王下一個要對付的人就是你。你和項王本來有交情，何不背叛漢王，與項王聯手，之後自立為王，三分天下呢？現在你錯過大好時機，一定要助漢王攻擊項王，難道這就是一個聰明有才智的人的所為！」

─金石之交─

今足下雖自以為與{漢王}為金石交，然終為{漢王}所禽矣。

（東漢班固
《漢書・韓彭英盧吳傳》）

不過韓信不為所動，推辭說：「我侍奉項王時，只不過做郎中，職位不外乎是個衛士，說話沒有人聽，計謀從來沒有得到採用，我才叛楚歸漢。漢王賜我上將軍的印信，給我數萬兵馬，脫下他身上的衣服給我穿，把好的食物給我

吃，我說的話他言聽計從，我才有今日這個地步。人家對我親近信賴，我又怎能夠背叛他。我到死也不會生背叛之心，希望你回去後替我感謝項王的錯愛好了！」

─推食解衣　言聽計用─

{漢王}授我上將軍印，予我數萬眾，解衣衣我，推食食我，言聽計用，故吾得以至於此。

（西漢司馬遷《史記·淮陰侯列傳》）

──────── 歷代例句 ────────

某奉別公近二十年矣，別後不復一致書問，而公念某猶某也。**推食解衣**，至今猶然。（明李贄《又書使通州詩後》）

多蒙丞相顧愛，累授遷除，**言聽計用**。（明無名氏《五馬破曹》楔子）

這樣**金石之交**我們是否已經締訂？（近代郭沫若《戰聲集·人類進化的驛程》）

萬無一失
三分鼎足

萬無一失

釋　義　指非常有把握，絕對不會出差錯。

近義詞　十拿九穩、穩操勝券

反義詞　掛一漏萬

三分鼎足

釋　義　形容三分天下，像鼎足並立對峙。

近義詞　三分鼎立

— 出處 —

「貴賤在於骨法，憂喜在於容色，成敗在於決斷，以此參之，萬不失一。」……（{楚}{漢}相爭時，{蒯通}勸{韓信}說：）「莫若兩利而俱存之，參分天下，鼎足而居。」

（西漢司馬遷
《史記‧淮陰侯列傳》）

■ 故事背景

　　蒯通遊說韓信擁兵自立為王，與劉邦、項羽三分天下，鼎足稱王，但韓信沒有聽從蒯通之言。

　　漢王三年（公元前204年），楚漢爭持已接近三年，仍勝負未分。雙方在滎陽相持不下，劉邦中箭受傷，韓信則擊殺了楚將龍且，還攻佔齊地，獲劉邦封為齊王。項羽自知形勢不妙，派武涉拉攏韓信倒戈，可惜無功而還。

　　武涉離去後，韓信的謀士蒯通有感韓信的實力足以影響局勢，決定以為韓信看相為

由，遊說韓信背叛劉邦。他對韓信說：「我曾經學過看相。」韓信好奇地問：「先生是用甚麼方法給人看相的？」蒯通回答道：「人的貴賤在於骨骼，憂喜暗藏於人的氣色，成敗則取決於人的決斷力。依這三個準則相人，絕對不會出錯。」韓信就請蒯通為他看相。蒯通請韓信摒退左右後便說：「從你的面相看來，你最多不過是封侯，而且恐有兇險。但看你的背形，卻又有說不出的尊貴。」韓信說：「你這話是甚麼意思？」蒯通眼見機不可失，便導入正題，為韓信分析局勢。

蒯通指出，當初羣雄並起，各自封侯稱王，有志之士一呼百應，目的只為推翻暴秦。秦亡後，劉邦和項羽相爭，三年來都未分勝負，士兵疲於奔命，國庫糧食耗盡，百姓流離失所，怨聲載道。如今除非有天下聖賢，否則難平息災禍。而項羽、劉邦誰勝誰負，完全取決於韓信為哪方效力。蒯通建議韓信：「讓楚、漢兩國共存，你和他們三分天下，鼎足而立。這形勢下，誰都不敢先起兵進犯。以你的才能和德行，人馬裝備充足，又佔據強大的齊國，只要聯合燕、趙兩國，出兵牽制着楚、漢兩軍的後方，順應民心，向西阻止楚、漢間的爭鬥，到時民心歸附於你，還有誰敢不聽你的話。然後你將大國的土地劃分出來，分封給諸侯，間接削弱強國的力量。諸侯得回土地後自當信服於你，歸順齊國。常言道：『上天給你賞賜而不接受，會受到罪責；時機到來而不行動，就會遭到災害。』希望你好好考慮我的建議。」

韓信卻認為漢王待他恩重如山，不可見利忘義、背恩

忘德，便敷衍蒯通說道：「先生不要再說了，我會好好考慮這事！」蒯通唯有退下。幾天後，蒯通再勸韓信，但韓信都沒有理會。蒯通失意之下，便裝瘋離開韓信。

歷代例句

今晚出兵二十萬，我王萬無一失。（元佚名《前漢書平話》）

年當弱冠，未曾娶妻，不親酒色，如今差他出去公幹，萬無一失。（元白樸《裴少俊牆頭馬上》）

三分鼎足渾是夢，蹤跡空留在人間。（明羅貫中《三國演義》第三十四回）

楚漢相爭成語故事

背水一戰

釋　義　背着河流列陣。比喻已無退路，抱着必死的決心，奮戰取勝。

近義詞　破釜沉舟、背城借一

反義詞　望風而逃、臨陣退縮

—出處—

信乃使萬人先行，出，背水陳。趙軍望見而大笑。

（西漢司馬遷
《史記・淮陰侯列傳》）

■ 故事背景

韓信率軍攻趙，於井陘口與趙軍對峙，他命士兵背水列陣，趙軍以為漢軍錯擺戰陣而輕敵，結果趙國大敗。

漢王三年（公元前 204

年），韓信與張耳率軍三萬經井陘攻打趙國。趙王命成安君陳餘聚兵於井陘口迎擊，趙國謀臣李左車建議將漢軍逼到井陘口，然後從後包抄，圍困漢軍，但陳餘沒有採納李左車的建議。

韓信派出的探子回報李左車的計策沒有被採用後，心中大喜，於是領兵進入井陘狹道，並在離井陘口還有三十里的地方駐紮。到了晚上，韓信派出二千輕騎，各拿一面紅

旗，乘夜潛到山上監視趙軍，並叮囑他們：「交戰時，趙軍見我軍敗退，一定會傾巢出動追趕我軍，你們就火速衝進趙軍的營壘，拔去趙軍旗幟，豎起我軍的紅旗。」接着又對左右說：「趙軍已佔據有利位置，他們看不到我軍的旗幟、儀仗，就不肯攻擊我軍的先頭部隊，怕我們到了險要的地方退回去。」韓信就派出萬人為先頭部隊，出了井陘口，背靠着河水列陣。趙軍遠遠望見，嘲笑韓信犯了兵家大忌，將軍隊置諸死地。

天剛破曉，漢軍豎旗擊鼓，舉軍衝向井陘口，趙軍亦衝出營壘攻擊漢軍。兩軍激戰了很長時間都未分勝負。這時，韓信和張耳詐敗，逃回河邊陣地。趙軍不虞有詐，傾巢而出地衝向漢軍陣地。漢軍全軍殊死奮戰，趙軍無法打敗漢軍。此時，早已埋伏在趙營附近的兩千輕騎就火速衝進趙軍空無一人的陣營，把趙軍全部旗幟拔掉，豎起漢軍的紅旗。

這時，趙軍已不能取勝，欲退回營壘，回頭只見營壘插滿了漢軍旗幟，以為漢軍已俘擄趙王的將領，於是軍心大亂，紛紛落荒而逃。漢軍前後夾擊，徹底消滅趙軍，俘擄大批人馬，殺死成安君陳餘，生擒趙王。

韓信通令全軍，不得傷害李左車，能活捉李左車者賞千金。及後有人綑着李左車送到韓信面前，韓信立即親為李左車解開繩索，請他上座，以老師之禮對待李左車（見智者千慮，必有一失）。

挫折也有兩重性。它可以把人置於死地，也可能使人置於死地而後生。他只有背水一戰了。（現代理由《高山與平原》）

頭足異處　人心難測　不賞之功

頭足異處

釋　義	頭和腳被分開在不同的地方。指遭殺戮分屍。
近義詞	身首異處

人心難測

釋　義	比喻人的內心難以探測。
近義詞	人心叵測

不賞之功

釋　義	形容功勞極大。
近義詞	蓋世之功、豐功偉績

■ 故事背景

蒯通提醒韓信功高震主，容易招致殺身之禍，勸韓信擁兵自立為王，與項羽、劉邦三分天下。

漢王元年（公元前 206 年），劉邦聽從韓信的提議，決定與項羽一爭天下。然而相爭接近三年，仍未分勝負。韓信則幾乎每戰皆勝，更揮軍攻陷齊國，劉邦被迫封韓信為齊王。

韓信謀士蒯通擔心韓信位高勢危，便勸韓信自立為王，與項羽和劉邦三分天下（見萬無一失）。然而韓信認為劉邦對他恩重如山，絕不能因貪圖私利而背信棄義。

蒯通不同意韓信的想法，他說：「你自以為與漢王交好，建立千秋萬世的功業，你

這想法就大錯特錯了。當初趙國的常山王張耳和成安君陳餘何嘗不是生死之交，後來卻因為張耳的部將張黶和陳澤戰死而交惡（秦軍包圍趙國時，張耳派張黶和陳澤向陳餘求援，陳餘只借出五千士兵支援，結果援兵全軍覆沒，張黶和陳澤亦戰死）。其後張耳背叛項王，還拿着項嬰的人頭逃跑，投靠漢王。漢王借兵給他向東進攻，在泜水以南殺死了成安君，成安君身首異處，為天下人嘲笑。這兩人的交情可說是天下最牢固的，但到頭來卻互相殘殺，為甚麼會這樣呢？禍根就是太貪心，而且人的內心難以推測，即使你以忠誠、信義與漢王交往，但你們的友情一定不及張耳和陳餘，何況你們之間所牽涉的事情比張黶和陳澤複雜得多，所以我可以肯定，你以為漢王不會加害你，只是你一廂情願的想法。

─頭足異處─

漢王借兵{常山王}而東下，殺成安君泜水之南，頭足異處，卒為天下笑。

（西漢司馬遷
《史記‧淮陰侯列傳》）

─人心難測─

此二人{常山王}、{成安君}相與，天下至驩也。然而卒相禽者何也？患生於多欲而人心難測也。

（西漢司馬遷
《史記‧淮陰侯列傳》）

「春秋時期越國大夫文種和范蠡幫助瀕臨覆滅的越國留存下來，還輔助越王勾踐稱霸中原，事後文種被迫自殺，范蠡亦被迫逃亡。常言道：『野獸被打盡後，獵狗就會被烹掉』。若說交情深淺，你和漢王比不上張耳和陳餘。若論忠誠，亦不及文種、范蠡對越王勾踐。這兩個例子已足夠給你借鑒，希望你仔細考慮啊！況且我聽說智勇雙全者容易招

帝皇加害，功勞蓋過全天下的人就不會得到賞賜，你橫渡西河，俘獲魏王，活捉夏說，率兵奪取井陘，殺掉陳餘；攻陷趙國，鎮服燕國，平定齊國，向南挫敗楚國幾十萬士兵，向東則殺死了楚國猛將龍且，西面向漢王報告勝利。你的功勞可謂天下第一，謀略亦勝過許多人，你的聲勢已蓋過君主，功勞亦偉大得難以封賞。如果你投向楚國，楚國百姓不會相信你；若然歸屬漢王，漢人亦害怕你。你還可以去歸附誰呢？為人臣者，聲勢卻威脅着君主，聲望又高於天下人，我很擔心你的安危啊！」

韓信聽到這裏實在有點不耐煩，便說：「先生不要再說了，我再考慮一下。」便打發蒯通離去。

幾日後，蒯通又來遊說韓信，但韓信始終沒有理會。蒯通見再三勸說都不得要領，便離開韓信。

漢王五年（公元前 202年），劉邦滅掉楚國，建立漢朝後，果如蒯通所言，開始消滅異姓王，韓信兵權被奪，又被貶為淮陰侯。最後更為呂后和蕭何所殺。

—不賞之功—

臣聞勇略震主者身危，而功蓋天下者不賞。

（西漢司馬遷《史記·淮陰侯列傳》）

■ 延伸閱讀

傳說韓信墓前有一副對聯：「生死一知己，存亡兩婦人」。上聯說的是蕭何，韓信得到劉邦重用，是因為蕭何的推薦；被呂后誅殺，亦是蕭何的計謀。下聯指的是曾對韓信有一飯之恩的漂婦，以及將他處死的呂后。寥寥十字，道盡這位西漢開國功臣的一生。

韓信是中國歷史上傑出的軍事家之一，少年時因出身寒微而無人賞識，即使跟隨項梁和項羽也沒有得到重用。後來韓信改投劉邦麾下，最初也只當個小小的糧官。直至蕭何將他推薦給劉邦，更指出只有他能輔助劉邦爭奪天下。

　　果如蕭何所言，韓信戰必勝，攻必取，相反，劉邦則勝少敗多。然而韓信攻佔齊國後，他以齊地民心未穩而自請為假齊王，劉邦礙於形勢，表面上如韓信所願，甚至直接封韓信為齊王，但暗地裏自有盤算。此時，項羽還派出武涉和蒯通遊說韓信倒戈，雖然韓信以劉邦對他恩重如山而拒絕，更觸動劉邦的猜疑。

　　及至天下大定，劉邦先取回韓信軍權，再貶韓信為淮陰侯。此時韓信若有自知之明，可以像張良般急流勇退，或可得以善終，奈何韓信不甘心，還密謀造反。只是無兵無勢，終被呂后與蕭何將他處死於長樂宮。

　　韓信之死，司馬光《資治通鑑》中對韓信就有這樣的評價：「夫乘時以徼利者，市井之志也；酬功而報德者，士君子之心也。信以市井之志利其身，而以君子之心望於人，不亦難哉！」批評韓信以市井之志給自己謀利益，卻奢望劉邦以君子之心對待自己，明顯是難以實現。一代軍神，落得如此下場，不亦讓人深思嗎？

自開闢以來，戴震主之威，挾不賞之功，以見容於暗世者而誰？（唐房玄齡等《晉書·劉牢之傳》）

便為獨平一國，不賞之功也。（唐李延壽《南史·沉約傳》）

真箇是人心難測，海水難量。原來就是賈廉訪。（明凌濛初《二刻拍案驚奇》）

傳首邊庭，頭足異處，亦足為臨難鮮忠者之戒矣。（清張廷玉等《明史·熊廷弼傳》）

智者千慮，必有一失
千慮一得
百戰百勝

智者千慮，必有一失

釋　義　聰明的人對問題雖然深思熟慮，偶爾也會失誤出錯。

千慮一得

釋　義　愚笨的人千百次考慮，總有一次有可取的地方。多用來表示自謙的話，指自己的一點見解。

近義詞　一得之見、一得之愚

反義詞　千慮一失

百戰百勝

釋　義　形容每戰必勝，所向無敵。

近義詞　戰無不勝、屢戰屢捷

反義詞　屢戰屢敗

—出處—

{廣武君} 曰：「臣聞智者千慮，必有一失；愚者千慮，必有一得。」……夫 {成安君} 有百戰百勝之計，一旦而失之，軍敗 {鄗} 下，身死 {泜} 上。

（西漢司馬遷
《史記‧淮陰侯列傳》）

■ 故事背景

趙國李左車形容陳餘本有必勝的計策，不過一次失誤，就全軍隊覆沒，還招致殺身之禍。

漢王三年（公元前 204 年），韓信和張耳率漢軍欲經

井陘口進攻趙國，趙國謀臣廣武君李左車向主帥成安君陳餘建議，將漢軍迫到井陘口，然後採取前後包抄的策略，兵分兩路，一路在正面抵禦，但不正面交鋒，另一路繞到敵軍後面，截斷漢軍糧道，令敵人沒有糧草而敗。陳餘以韓信兵少且疲，不足為慮，沒有採納李左車的建議。結果趙軍大敗，陳餘被殺。

漢軍俘擄了李左車並帶到韓信軍營，韓信親自為李左車解開繩索，恭敬地向李左車請教攻打燕國和齊國的策略。李左車最初以自己是敗軍之將而婉拒，但韓信一再虛心討教，李左車終於被打動，便說道：「我聽說，有智慧的人即使每事考慮周詳，總會有一次失誤；愚鈍的人若每事都考慮周詳，總會有一次正確。所

以說『狂人的瘋言瘋語，聖賢之士都可以從中挑選到有用的話』。我的計謀不一定值得採用，但仍希望獻上一點愚見。成安君雖有必勝的計謀，但一次失誤，軍隊便在鄗地戰敗，自己也死在泜水旁邊。」

李左車認為韓信橫渡西河，俘擄了魏王，在閼與擒獲夏說，擊敗趙國，赫赫功績，威震天下。然而連年征戰，百姓勞累，士兵疲憊，不宜急於強攻燕、齊兩國。暫時應該按兵不動，先鎮守趙國，日日以好酒美食犒賞將士，以展示自己的強勢，再遊說燕、齊兩國歸降。若燕、齊投降，天下事就好辦多了。李左車強調：「用兵之道，本來就要先虛張聲勢，才付諸實際行動。」韓信聽後大聲喝采，然後依計而行，燕國果真立即投降。

聖人千慮，必有一失；愚人千慮，必有一得。（先秦晏嬰
《晏子春秋‧內篇‧雜下》）

寄雖疾侵耄及，言無足采，千慮一得，請愚陳算。（唐李
延壽《南史‧虞荔傳》）

外黃徐子謂太子曰：「臣有百戰百勝之術。」（西漢司馬遷
《史記‧魏世家》）

五車精卒三十萬，百戰百勝擒單于。（唐賈至《燕歌行》）

項籍唯不能忍，是以百戰百勝而輕用其鋒。（宋蘇軾《留
侯論》）

吾與汝等，共據高城，南臨大江，北背山險，以逸待
勞，以主制客：此乃百戰百勝之勢。（明羅貫中《三國演義》
第八十五回）

情見勢屈
先聲後實

情見勢屈

釋　義　指軍情已被敵方了解，又處在劣勢的地位。

近義詞　情見勢竭、情見力屈

先聲後實

釋　義　聲威在前，武力在後。

近義詞　先聲奪人

■ 故事背景

—情見勢屈—

今足下舉勑敝之兵，頓之燕堅城之下，情見力屈，欲戰不拔，曠日持久，糧食單竭。

（東漢班固
《漢書・韓彭英盧吳傳》）

—先聲後實—

兵固有先聲而後實者，此之謂也。

（西漢司馬遷
《史記・淮陰侯列傳》）

李左車勸韓信不要急於攻打燕國，以免被敵人發現自己的弱點。

漢王三年（公元前 204 年），韓信和張耳率軍攻趙。趙國謀臣廣武君李左車建議以包抄方法圍攻漢軍（見鋒不可當），但主帥成安君陳餘沒有採納。結果趙軍大敗，陳餘被殺。

韓信欣賞李左車的才華，

下令若能活捉，重重有賞。不一會，就有人綑綁着李左車送到軍營。韓信立即為李左車解開繩索，恭敬地請李左車上座。

韓信向李左車道出計劃攻打燕國和齊國，請教李左車有甚麼取勝策略。李左車最初以敗軍之將不敢輕言策略而婉拒，但韓信說：「我聽說過，百里奚在虞國時，虞國滅亡，但到了秦國卻輔助秦穆公稱霸。不是因為他在虞國時愚蠢，到了秦國就變得聰明，而在於國君是否用他，有沒有採納他的意見。假使當日成安君依你的計策，我韓信早就被你俘擄了。我衷心想聽你的計策，請你不要推辭。」李左車被韓信的誠意打動，便說道：「我聽說過『智者千慮，必有一失；愚者千慮，必有一得』，此所以『即使狂人的說話，聖人也可以有選擇地採用』。雖

然我的意見不一定值得你聽取，但我仍願意向你獻出我的誠意。」

李左車指出，韓信出戰以來，俘擄魏王，在閼與活捉夏說，不到一個上午已打敗二十萬趙軍，殺掉陳餘，威震天下，連敵國的農民也暫停耕作，側起耳朵等待韓信下令進軍的消息。然而漢軍多月來的征戰，已經很疲累。如果仍急着進攻燕國，不但隨時被圍困於燕國堅固的城池下，還會讓敵人發現自己的弱點。到時聲勢削弱，一時間又未能攻陷燕國，拖延下來，糧草耗盡。如果燕國不能攻破，齊國一定固守邊境，鞏固自己的力量，到時，燕、齊兩國不肯降服，劉邦和項羽誰勝誰負，就難以估算了。所以現在就攻燕伐齊，絕非上策。韓信連忙問道：「那該怎麼辦呢？」李左車建議韓信暫時應按兵不動，每日

從方圓百里以外送來佳餚美酒，宴請將領，但同時擺出要攻打燕國的樣子，然後派使者送信往燕國，燕國不知漢軍虛實，一定不敢違抗。倘燕國投降，大軍再東向齊國進發，即使聰明人也難以替齊國想出對策。這樣，爭奪天下的大業就可以實現了。

李左車說：「用兵本來就有先虛張聲勢，然後才付諸行動，我所說的，正是這情況啊！」韓信聽後大喜，按照李左車的建議勸降燕國，燕國果然立即投降。韓信派人向劉邦報告，又請求立張耳為趙王，鎮撫趙國，劉邦同意，便封張耳為趙王。

報﹝曹操﹞書:「公以十分居一之眾,畫地而守之,扼其喉而不得進,已半年矣!**情見勢竭**,必將有變,此用奇之時,不可失也。」(西晉陳壽《三國志‧荀彧傳》)

溫驕而恃眾,怯於應變……欲望持久,坐而全勝,若糧廩愆懸,**情見勢屈**,必不戰自敗。(北宋司馬光《資治通鑑‧晉海西公太和四年》)

我則**情見勢屈**,為敵所困。(清張廷玉等《明史‧倪岳傳》)

夫畏死趨賞,愚智所同,故﹝廣武君﹞為﹝韓信﹞畫策,謂其威名足以**先聲後實**,而服鄰國也。(西晉陳壽《三國志‧劉曄傳》)

夫兵者,務在**先聲後實**,故能百戰百勝,以弱為彊也。(唐令狐德棻等《崔猷傳》)

魏公曰:「兵貴**先聲後實**,今諒祚勢方桀驁,使聞陝西驟益二十萬兵,豈不震懾?」(北宋蘇轍《龍川別志》)

劉項決戰

一決雌雄

釋　義　決一勝負，比個高下。

近義詞　決一死戰

反義詞　和睦相處

大逆無道

釋　義　謀反背叛，罪惡深重。或行為嚴重違反常理。

近義詞　離經叛道

反義詞　循規蹈矩

■ 故事背景

楚漢相爭難分勝負，項羽向劉邦挑戰，欲一決雌雄，劉邦拒絕，力數項羽十大罪狀，並指他大逆不道。

漢王元年（公元前 206年）至四年，楚漢相爭互有勝敗，然始終未能決出勝負，長期作戰令年輕士兵開始厭戰，老弱者亦為長年運送軍糧而疲於奔命。兩軍在廣武對峙，項羽向劉邦單獨挑戰，他說：

「這好幾年天下紛亂，只不過是因為你我二人相爭，不若你和我單獨決鬥，比個高下，一決勝負，不要讓天下百姓繼續受苦了。」

─一決雌雄─

願與{漢王}挑戰，決雌雄。

（西漢司馬遷
《史記·項羽本紀》）

劉邦笑着拒絕說：「我寧可智鬥，也不會與你鬥力。」項羽一再派壯士出戰，都被擅長騎射的漢將樓煩射殺。項羽

大怒，親自披甲持戟，出營挑戰。樓煩正要搭箭射去，只見項羽瞪大雙眼怒吼一聲，殺氣騰騰，嚇得樓煩一溜煙的逃回營內。劉邦派人打聽，得知來者是項羽時，一時間也大驚起來。此時項羽已向劉邦衝過來，兩人在廣武的東西兩邊相對而立，項羽再向劉邦挑戰，劉邦再度拒絕，並力數項羽犯下的十宗罪：

「當日我與項羽一同接受後懷王的命令，誰先平定關中，誰就可在關中稱王，但項羽背棄盟約，封我為蜀漢地區的一個小王，這是第一宗罪；項羽假傳後懷王之令，殺掉卿子冠軍宋義，而提升自己為上將軍，這是第二宗罪；項羽為趙國解圍後，本應回朝述職，卻擅自強迫諸侯領軍入關，是第三宗罪；後懷王約定入關中後，不得施暴擄掠，項羽卻焚毀秦國宮室，挖掘始皇帝的

墳墓，將秦國財富據為己有，是第四宗罪；項羽強行殺掉本已投降的秦王子嬰，是第五宗罪；以欺詐手段在新安活埋殺害秦國二十萬子弟兵，卻封他們的將領為王，是第六宗罪；項羽把親信安插到條件好的地區稱王，卻驅逐這些地區原有的君主，令他們的臣下為爭王位而造反，是第七宗罪；項羽強行將義帝（秦亡後，項羽尊後懷王為義帝）驅逐出彭城，把彭城作為自己的都城，剝奪了韓王的國土，強行吞併梁、楚兩地，是第八宗罪；項羽派人在江南暗殺義帝，是第九宗罪；項羽你身為人臣卻追殺君主（項羽將義帝流放到郴縣，然後派英布暗殺義帝），誅殺已投降的人，處事不公，背棄盟約，所作所為是天下人不能容忍的，是大逆不道，是你的第十宗罪。我帶領正義之師與諸侯聯手，剷除你這個殘酷

逆賊，派犯過罪服過刑的人就可以擊殺你，何用與你單打獨鬥！」

項羽聽後怒不可遏，命預先埋伏的弓箭手射殺劉邦。劉邦胸部受傷，卻用手捂着腳，謊稱逆賊射中他的腳趾。劉邦受傷後躺在床上養傷，張良堅決請求劉邦起床慰勞軍隊，安定軍心。以免被楚軍佔優而壓倒漢軍。劉邦聽張良的說話到軍中巡視，傷勢因而更嚴重，便趕返成皋城內療傷養病，待傷癒後再與項羽決戰。

—大逆無道—

夫為人臣而弒其主，殺已降，為政不平，主約不信，天下所不容，大逆無道，罪十也。

（西漢司馬遷
《史記·高祖本紀》）

歷代例句

吾自歷戰數十場，不意今日狼狽至此！此天喪吾也！汝等各回本州，誓與曹賊一決雌雄。（明羅貫中《三國演義》第三十一回）

春盟於蒇，夏而伐齊，不應到此，便爾退兵，故有乾時之戰，猶欲一決雌雄。（清焦袁熹《春秋闕如編·莊公九年》）

今日兩君旗鼓相當，盍一決雌雄？因取巨觥，各置於前，觀者如堵。（清顧嗣立《寒廳詩話》）

不竭忠愛，盡臣子義，而妄怨望稱引，為訞惡言，大逆不道，請逮捕治。（東漢班固《漢書·楊敞傳》）

養虎遺患
各自為戰

養虎遺患

釋　義　留着老虎不除掉，就會成為後患。比喻不除去
　　　　仇敵，後患無窮。

近義詞　放虎歸山

反義詞　斬草除根

各自為戰

釋　義　各自獨立作戰。

近義詞　各自為政

■ 故事背景

　　張良、陳平提醒劉邦不應給項羽喘息機會，要乘勝追擊。張良並建議劉邦分封土地給韓信、彭越，吸引他們合力滅楚。

　　漢王元年（公元前 206年），項羽滅秦後自封為西楚霸王，分封十八路諸侯。有些諸侯不滿分封，亦有部分將領沒有獲封土地而反感，形勢一片混亂。被封為漢王的劉邦聽

從韓信的建議，與項羽一爭天下，掀開楚漢相爭之局。四年下來，楚漢互有勝負，項羽更捉去劉邦的父母妻子作人質。

　　漢王四年，漢軍兵精糧足，而楚軍則因彭越和劉賈侵擾楚軍後方，截斷了楚軍的糧食補給，士兵筋疲力盡。劉邦趁機派陸賈為使者與項羽議和，然而陸賈無功而還。劉邦接着派出謀士侯公當說客，成功遊說項羽以鴻溝為界（鴻溝之約），東面劃歸楚國，西面

則歸漢所有，並釋放劉邦父母和妻子。和約確定後，項羽便引兵東歸。

漢王也準備撤兵西歸，此時張良和陳平卻勸劉邦說：「我們已擁有大半天下，諸侯亦歸附漢國。楚軍已疲憊糧盡，這正是上天要滅楚的大好時機，不如趁這機會滅掉楚國，如果現在釋放楚軍，猶如豢養着一隻老虎，後患無窮啊！」劉邦聽取他們的意見，回頭追擊楚軍。

─養虎遺患─

楚兵罷食盡，此天亡楚之時也，不如因其機而遂取之。今釋弗擊，此所謂養虎遺患也。

（西漢司馬遷
《史記‧項羽本紀》）

漢王五年，劉邦追擊項羽到達陽夏南邊，軍隊就在這裏駐紮下來。劉邦與淮陰侯韓信、建成侯彭越約定會合

日期，夾擊楚軍。然而漢軍抵達固陵時，韓信、彭越的軍隊卻沒有如約前來會合，結果楚軍大破漢軍，劉邦逃回營壘，挖壕溝佈防堅守。劉邦問張良：「諸侯失約，該怎麼辦？」張良回答：「楚軍已是強弩之末，韓信和彭越卻還沒有得到分封土地，他們不來也是正常的，如果大王能和他們共分天下，他們很快就會前來會合。否則，天下形勢就難以預料了。大王若能把陳縣以東到海濱一帶的土地封給韓信，睢陽以北到谷城的土地劃給彭越，令他們各自為自己作戰，攻打楚軍，那麼楚國就很容易被打敗。」

劉邦覺得所言甚是，隨即派使者向韓信和彭越傳話：「若能合力攻打楚國，楚亡後，將陳縣以東至海濱一帶土地劃給齊王（韓信），將睢陽以北到谷城土地給彭相國（彭

越）。兩人聽後大喜，都說：「我們今天就帶兵出發。」於是韓信從齊地進發，劉賈的軍隊也從壽春一同進兵，血洗城父縣，到達了垓下。大司馬周殷背叛楚國，從舒城起兵，沿途經過六個縣都大肆屠殺百姓，發動九江王國的軍隊，劉賈、彭越亦先後會師垓下，一同進逼項羽。

漢王五年，項羽在垓下被重重包圍，兵盡糧絕，突圍逃至烏江，終於不敵，自殺而死。劉邦稱帝，國號漢。

─各自為戰─

君王能自{陳}以東傅海，盡與{韓信}；{睢陽}以北至{穀城}，以與{彭越}：使各自為戰，則{楚}易敗也。

（西漢司馬遷《史記・項羽本紀》）

歷代例句

若行這舉，真是**養虎遺患**，非謀之善也。（北宋佚名《五代史平話・唐史》）

他非常恨陝西地方文武大員的糊塗無用，竟敢長期不明「賊情」，**養虎遺患**。（近代姚雪垠《李自成》）

後來他們被敵人隔開，**各自為戰**。（近代姚雪垠《李自成》）

楚河漢界

釋　義　敵對雙方的分界線。

—出處—

漢王復使侯公往說項王。
項王乃與漢約，中分天下，
割鴻溝以西者為漢，鴻溝
而東者為楚。項王許之，
即歸漢王父母妻子。軍皆
呼萬歲。

（西漢司馬遷
《史記·項羽本紀》）

■ 故事背景

　　楚漢相爭數年，楚軍漸失
勢，漢軍日盛，項羽無奈與劉
邦簽訂和約，以鴻溝為界，以
東為楚，以西為漢。後世形容
為楚河漢界。

　　漢王三年（公元前204
年），楚漢兩軍於滎陽對峙，
項羽聽說韓信已打垮齊、趙
兩軍，並將要進攻楚軍，於是
派龍且前往迎擊，結果楚軍大
敗，龍且被殺。此時，彭越也
截斷了楚軍的糧道。項羽大
為震驚，決定親自率軍迎擊韓
信，行前留大司馬曹咎等守着
成皋，並一再叮囑不要與漢軍
交戰。

　　漢軍果然到楚軍營前叫

囂，曹咎初期都沒有理會，但漢軍一再辱罵楚軍，曹咎不甘受辱，率兵渡過汜水攻擊漢軍。不料船至河中時被漢軍突襲而敗，曹咎後悔沒有聽從項羽的囑咐，自知無顏面再見項羽，遂自殺身亡。項羽得悉成皋失守，急忙率師回廣武。當時漢軍正在滎陽東面圍攻鍾離眜，項羽一到，漢軍擔心不敵項羽，急急撤退到險阻地帶。

這時，漢軍兵多糧足，楚軍則兵疲糧盡。劉邦先派出陸賈和侯公遊說項羽，項羽無奈答應與漢軍議和，釋放之前擄獲的劉邦父母和妻子，雙方並約定平分天下，以鴻溝為界，東邊歸楚，西邊歸漢。

劉邦準備西歸，此時張良和陳平勸劉邦應趁楚軍疲憊，消滅楚國。劉邦同意他們的說話，遂追擊楚軍。漢王五年，項羽被困於垓下，兵盡糧絕，衝出重圍逃至烏江，自刎而死。劉邦稱帝，國號漢。

四面楚歌

釋　義　形容人們遭受各方面攻擊或逼迫的人事環境，
而致陷於孤立窘迫的境地。

近義詞　腹背受敵、四面受敵

反義詞　安然無恙、旗開得勝

―出處―

項王軍壁垓下，兵少食盡，漢軍及諸侯兵圍之數重。夜聞漢軍四面皆楚歌，項王乃大驚，曰：「漢皆已得楚乎？是何楚人之多也。」

（西漢司馬遷
《史記・高祖本紀》）

■ 故事背景

項羽被重重包圍，晚上忽聽到軍營外傳來楚國的歌曲，一時間悲從中來。

漢王四年（公元前 203年），灌嬰在淮北大破楚軍，拿下楚都彭城，漢軍並從後包抄，截斷楚軍糧食補給。項羽以劉邦父母和妻子威脅劉邦。最後雙方訂立「鴻溝和約」，以鴻溝為界，東面劃歸楚國，西面則歸漢。項羽並釋放人質。

雙方引兵回到自己的國土。此時張良和陳平勸劉邦應乘勝追擊。劉邦聽取他們的意見，回頭追擊楚軍。

漢王五年（公元前 202 年），楚國兵馬被追到垓下，漢軍和諸侯軍將楚軍重重圍住，項羽修築營壘抵禦，負隅頑抗，楚軍已兵盡糧絕。在一個漆黑寂靜的夜晚，項羽忽然聽到楚國的民歌四方八面地從漢軍軍營中傳來，他驚奇地說：「漢軍已佔領楚國了嗎？怎麼有那麼多楚國人呢？」他便起來就在帳中飲酒。這時，一直陪在他身邊的美人虞姬亦起來陪伴着他，他看着虞姬，又想到他經常騎着四處征戰的烏騅馬，不禁慷慨悲歌，自己作詩說：「力拔山兮氣蓋世，時不利兮騅不逝。騅不逝兮可奈何，虞兮虞兮奈若何！」項羽唱了好幾遍。虞姬亦作詩附和，項羽悲從中來，也不禁流下一行行熱淚。左右侍者也跟着哭泣起來，沒有人敢抬頭仰視項羽。

項羽看到此情此景，眼見大勢已去，想到沒有顏面再見江東父老，就握着寶劍，跳上烏騅馬，衝出重圍，最後在烏江上自刎而死。

■ 延伸閱讀

大家熟悉的《霸王別姬》，是京劇中熱演的劇目。說的正是楚漢相爭時期，楚霸王項羽和虞姬可歌可泣的愛情故事。

楚漢相爭到後來，項羽被漢軍包圍於垓下，兵少糧盡，夜來忽然聽聞四面楚歌，明白到大勢已去，不禁酌酒悲歌：「力拔山兮氣蓋世，時不利兮追不逝。騅不逝兮可奈何，虞兮虞兮奈若何！」任憑自己昔日如何戰無不勝，叱吒風雲，如今面臨絕境，連身旁的愛侶、營外那匹和自己出生入死的烏騅馬都保不住。即使英雄蓋世，如今也難忍男兒淚。

這時隨侍在側的虞姬，

悲從中來，拔劍起舞，以歌和
之：「漢兵已略地，四方楚歌
聲。大王意氣盡，賤妾何聊
生？」歌罷便自刎殉愛。

楚漢相爭由灑熱血拋頭
顱開始，以兒女情長，殉愛告
終。何等悲壯蒼涼！

在這四面楚歌裏，憑你怎樣伶牙俐齒，也只得服從了。

（近代朱自清《航船中的义明》）

劉邦建漢

便宜施行

釋　義　可斟酌情勢，不拘規制條文，不須請示，自行
　　　　處理。
同義詞　便宜行事

—出處—

{蕭何} 即不及奏上，輒以
便宜施行。上來以聞。

（西漢司馬遷
《史記‧蕭相國世家》）

■ 故事背景

蕭何處理政務時，若來不
及上奏，就會先處理，待劉邦
回來後再行報告。

秦二世元年（公元前 209
年），劉邦當沛縣縣令後，蕭

何便跟隨劉邦左右。漢王元年
（公元前 206 年），項羽入咸
陽後，自立為西楚霸王，並違
背楚後懷王所定「先入定關中
者王之」之約，假稱巴蜀亦屬
關中，改立劉邦為漢王，統治
巴、蜀、漢中地區，然後將關
中分封給章邯、司馬欣和董翳
（史稱三秦）。

劉邦乘項羽北上平亂之
際帶兵東出，平定三秦，蕭何
則以丞相身份留在後方，安撫
巴、蜀民眾。蕭何制定法令

約束百姓，為在前方作戰的軍隊供給糧食。漢王二年，劉邦聯合諸侯一起攻打項羽，蕭何留守關中，侍奉太子，在櫟陽處理政務。他制定各種法令制度，建立宗廟、社稷（即祭壇）、宮殿和縣邑，他處理事務時都會一一向劉邦稟報，劉邦也總是批准蕭何推行。不過，遇上來不及上奏劉邦時，蕭何就會斟酌情勢而靈活變通，用最適合的方式先行實施，待劉邦回來時再稟告。蕭何在關中管理戶口，通過水路和陸路轉運糧食給前方的軍隊。劉邦在戰場上多次處於劣勢，損兵折將，士兵逃走，蕭何就經常徵召關中的士卒，再派往前方，補充劉邦軍隊的損失，讓劉邦專心與項羽一爭天下。

歷代例句

一應軍行調度，並聽便宜施行。（南宋周密《齊東野語‧趙信國辭相》）

民以食為天

釋　義　食，是人民生存的根本，所以治國者要保證人民有充足糧食。

近義詞　民以食為本

—出處—

王者以民人為天，而民人以食為天。

（西漢司馬遷
《史記·酈生陸賈列傳》）

■ 故事背景

酈食其勸劉邦，王者以人民為天，平民百姓以糧食為天，千萬不要棄守滎陽，白白將國家的糧倉送給項羽。

漢王三年（公元前 204 年），劉邦守在滎陽，這裏有一座山叫敖山，山上有一小城，城內有許多儲存着大量糧食的倉庫，是國家重要的糧倉。

是時，項羽向劉邦發動猛烈攻擊，劉邦兵力有限，被項羽重重圍困於滎陽和成皋一帶，逐漸招架不住，因此打算將成皋以東的地區讓給項羽，自己退守到鞏、洛。酈食其得悉後勸阻劉邦，他說：「我聽說能知道天之所以為天的人能成就統一大業；不知

道天之所以為天的人難成大事。作為成就大業的王者，會以百姓為天，而平民百姓則以糧食為天大的事。敖山這個地方，多年來都是國家貯存糧食的重鎮，聽說此地的糧食非常多。楚國人攻克了滎陽，卻不堅守敖山這個糧倉，而是帶兵向東而去，只讓一些罪犯來分守成皋，這是上天要把這些糧食送給漢軍。當前楚軍已是強弩之末，很容易被擊敗，我們卻退兵棄守，把得到手的利益丟棄，我認為這樣做是大錯特錯啊！何況兩雄難並存，楚漢兩國爭持多年，百姓已騷動不安，國家動盪，農夫停止耕作，織布的婦女不再織布，觀望戰事。天下百姓支持楚王抑或漢王仍未有決定。所以你應盡快再次進軍，收復滎陽，奪取敖山這糧倉，把守成皋險要，堵住太行這交通要道，緊守着蜚狐關口和白馬津渡，讓諸侯看看目前的實際形勢，天下人民就知道該歸向哪一方。如今燕、趙兩國已經平定，只有齊國仍未被大王攻克。田廣佔據着的齊國幅員千里，田間帶領着二十萬大軍，屯兵於歷城，田氏各宗族力量強大，他們背靠大海，憑藉着黃河、濟水的天然險阻，南面與楚國接壤。齊人向來善詐，反覆無常，即使你派出數十萬大軍，也不可能一年半載就攻下齊國，我請求你准許我當說客，遊說齊王歸附大王，成為東方的屬國。」

劉邦覺得酈食其的說話有道理，於是依計而行，堅守敖山，終於奪回滎陽，取得勝利。

國以民為本，民以食為天。故一夫輟稼，飢者必及，倉廩既實，禮節以興。（南朝宋沈約《宋書》）

臣聞「國以民為本，民以食為天。」今歲年穀歉收，粟米將貴，君可請貸於吳，以救民飢。（明馮夢龍《東周列國志》第八十一回）

國以民為本，民以食為天。（近代董必武《挽沈驪英女士》）

四面受敵

釋　義　各個方面都受到敵對勢力的威脅或攻擊。

近義詞　腹背受敵

—出處—

{雒陽}雖有此固，其中小，不過數百里，田地薄，四面受敵，此非用武之國也。

（西漢司馬遷《史記・留侯世家》）

■ 故事背景

張良附和婁敬的意見，建議劉邦定都關中。

漢王五年（公元前 202 年），項羽敗亡，劉邦稱帝，國號漢，定都洛陽。此時，齊國人婁敬勸劉邦應定都關中，劉邦心裏有所顧慮。左右大臣大都是山東地區的人，是以多數人都勸劉邦定都洛陽。他們說：「洛陽東有成皋，西有崤山、澠池，背靠黃河，面向伊水和洛水，地勢險要，城廓堅固，足以設險守國。」

不過張良同意婁敬的建議。他說：「洛陽雖然地勢險固易守，但它中心地帶地形狹小，方圓不過幾百里，土地貧瘠，敵人容易從四方八面入

侵，所以這裏不是用武之地。而關中的東面有崤山和函谷關，西面有隴山、岷山，方圓千里土地肥沃，南面有富饒的巴、蜀兩郡，北面胡苑可以放牧，三面擁有天然險阻，容易固守。只需向東控制諸侯。如果諸侯聽命，局勢穩定，可由黃河、渭河運送糧食，往西供給京都；如果諸侯有異心，朝廷的軍隊和物資順流而下，瞬間就可以破敵。絕對稱得上是『金城千里，天府之國』，婁敬的建議是對的。」劉邦決定立即起駕西行，定都關中。並賜婁敬改姓劉。

歷代例句

四面受敵，謂之衢處之國。（春秋管仲《管子•國蓄》）

徐州**四面受敵**，操必力攻，我當先思退步。（明羅貫中《三國演義》第十九回）

洛邑雖天下之中，其勢平衍，**四面受敵**之地。（明馮夢龍《東周列國志》第三回）

楚漢相爭成語故事

高屋建瓴

釋　義　把瓶子裏的水從高處傾倒。比喻居高臨下，不可阻遏。現指對事物把握全面，了解透徹。

近義詞　居高臨下

反義詞　螳臂擋車

—出處—

地勢便利，其以下兵於諸侯，譬猶居高屋之上建瓴水也。

（西漢司馬遷
《史記‧高祖本紀》）

■ 故事背景

田肯形容關中擁有地理優勢，要從這裏發兵攻打諸侯，可以居高臨下，勢不可擋。

漢王五年（公元前 202 年），劉邦稱帝，定國號為漢。

高祖劉邦論功行賞，給開國功臣封爵位，賜食邑。其中蕭何獲封為酇侯，曹參為平陽侯、張良為留侯等，並改封齊王韓信為楚王。

話說楚漢相爭時，韓信奉劉邦命令攻打齊國，擊敗齊王田廣後，陸續攻佔齊國土地，韓信以齊地民心未穩而自封為假齊王，以便治理，劉邦礙於天下未定，為免生枝節，只好假裝同意，還直接封韓信為齊王。但項羽死後，天下既定，

劉邦分封功臣時，改封韓信為楚王，並借機奪取韓信兵權。

翌年，有人上書告發韓信謀反作亂，劉邦向左右大臣詢問對策，許多大臣都爭着想去征討，但劉邦覺得硬攻並非上策，於是改問右丞相陳平。陳平以劉邦軍力不及韓信，不宜強行征討。陳平獻計，建議劉邦假裝出遊雲夢大澤，在楚國附近的陳縣召見諸侯，待韓信前來拜見時就把他拿下。劉邦依計行事，韓信果然中計，在路上迎接劉邦，劉邦隨即捉拿韓信。當天，劉邦宣佈大赦天下。大夫田肯前來祝賀，對劉邦說：「陛下拿下韓信，又統治着昔日秦國統治的關中，關中形勢險要，有山河環抱，形成天然屏障，又與關東地區相隔千里，如果關東有人作亂，帶領百萬軍隊前來攻擊，關中只需二萬兵力，已足以抵擋敵人。若從這裏出兵諸侯，可以居高臨下，從山上向下進攻，好比從高處往下倒水一樣勢不可擋。而從前齊國統治之地，東面有富饒的琅邪和即墨，南面有地勢險固的泰山，西面有黃河天險，北方有渤海的地利，土地縱橫二千里。若有諸侯率百萬軍隊，從千里以外的地方前來進攻，齊地只需二十萬兵力已可抵擋。所以秦齊兩地猶如西秦和東秦，若非陛下嫡親子弟，就不能派他去當齊王啊！」劉邦聽後說：「說得好。」當下賜黃金五百斤給田肯。

十多天後，劉邦貶韓信為淮陰侯，不久又把韓信遷往太原。漢王十年，呂后與蕭何合謀將韓信處死。

高屋建瓴無計取，二梁剛把當殽函。（南宋曾極《金陵百詠·
天門山》）

革命的豪情和革命的氣魄，使他的史劇氣勢恢闊，振擺
超騰，**高屋建瓴**，雄渾奔放。（近代郭沫若《郭沫若劇作全集編
後記》）

運籌帷幄 決勝千里

運籌帷幄

釋　義　在軍中帳幕內制定作戰策略，指揮前線軍隊作戰。

近義詞　運籌決策

決勝千里

釋　義　決定千里外戰役的勝利。形容雄才大略，指揮若定。

近義詞　穩操勝券

—出處—

夫運籌帷幄之中，決勝千里之外，吾不如子房（張良）。

（東漢班固《漢書・高帝紀》）

註：西漢司馬遷《史記・高祖本紀》「幄」作「帳」。

■ 故事背景

漢高祖劉邦與羣臣討論他能打敗項羽，取得天下的原因，是他能善用張良、蕭何和韓信三位賢臣之助（合稱漢初三傑）。

漢王五年（公元前 202 年），項羽戰敗，在烏江自刎，劉邦稱帝，建立漢朝。有一日，高祖在洛陽南宮設宴招待文武百官，酒酣耳熱之際，他問道：「各位同僚，你們千萬不要瞞我，一定要說真心話。我之所以能得天下，是甚麼原因呢？又是甚麼原因令項羽失去天下呢？」高起和王陵答道：「陛下雖然傲慢，又喜歡侮辱人，而項羽則有一個仁厚而且愛護別人的形象，但是陛下派軍攻城掠地後，會將取得

楚漢相爭成語故事

的土地分封給其他人，與天下人同享利益。項羽則心胸狹窄，性格多疑，他只會陷害有功的人，懷疑有才能的人，打了勝仗又不論功行賞，又不會將奪得的土地與他人分享，這就是他失敗的原因。」

高祖回應：「那麼你們就只知其一不知其二了。若說能夠制定戰略，指揮作戰，我不及子房（張良）；能夠鎮守國家，安撫百姓，供給充足糧餉，能夠將糧餉暢通無阻地準時送到前方，讓前方軍隊安心作戰，我不及蕭何；至於統領百萬大軍，戰無不勝，攻無不克，我比不上韓信。他們三人都是人中俊傑，而我能任用他們，才是我取得天下的原因。項羽本來有范增可以幫他，但他又因猜疑而沒有好好任用范增，這是他被我擒殺的原因啊！」

歷代例句

妙算神機說子牙，**運籌帷幄**更無差。（明許仲琳《封神演義》第五十六回）

大度豁達義氣深，**決勝千里**辨輸贏。（明黃元吉《流星馬》第二折）

後果然**運籌帷幄**之中，**決勝千里**之外。（明吳承恩《西遊記》第十四回）

論功行封

釋　義	依照功績大小給予賞賜。
近義詞	論功行賞
反義詞	賞罰不明

被堅執銳

釋　義	穿着堅固的盔甲，拿着銳利的武器。為上陣戰鬥或作好戰鬥準備。
近義詞	厲兵秣馬
反義詞	赤膊上陣

發蹤指示

釋　義	獵人放狗追逐野獸。比喻指揮調度。
近義詞	發蹤指使

─出處─

{漢}五年，既殺{項羽}，定天下，論功行封……功臣皆曰：「臣等身被堅執銳，多者百餘戰，少者數十合，攻城略地，大小各有差。今{蕭何}未嘗有汗馬之勞，徒持文墨議論，不戰，顧反居臣等上，何也？」……高帝曰：「夫獵，追殺獸兔者狗也，而發蹤指示獸處者人也。」

（西漢司馬遷
《史記・蕭相國世家》）

■ 故事背景

劉邦以蕭何功勞最大，故封賞也最多。

漢王五年（公元前202年），漢軍於垓下大敗楚軍（垓下之戰），楚霸王項羽無顏面見江東父老，於烏江邊自刎，歷時五年的楚漢之爭結束，天下恢復安定。漢高祖劉邦論功行賞，然而朝中大臣都覺得自

己功勞最大，爭論不休，因而過了一年多仍然未能決定誰的功勞最大。劉邦認為蕭何功勞最大，封蕭何為酇侯，還給他很多食邑。

功臣大為不服，便抱怨道：「我們身披盔甲，手執兵器，在前方戰場出生入死，多者身經百餘戰，少者也經歷過數十場戰鬥，攻破敵人城池，奪取敵人土地，或大或小，屢立戰功。蕭何從未立過汗馬功勞，只不過在後方舞文弄墨，提出意見。他從未上過戰場，現在卻位居我們之上，這是甚麼道理？」

高祖說：「各位懂得打獵嗎？」功臣回答：「懂得。」高祖又問：「你們知道獵狗的作用嗎？」功臣答道：「知道。」高祖說：「打獵的時候，追趕野獸兔子的是獵狗，但能夠發現蹤跡，指示獵狗到那裏追捕野獸的是獵人。現在你們奔走追獵野獸，不過是捕獲野獸而立功的獵狗。至於蕭何，他根據敵人的形勢，調兵遣將，是有功的獵人。何況你們都只是自己追隨我，最多也不過帶同幾個親屬，但蕭何全部宗族幾十個人都跟隨我，絕對不可以忘掉他的功勞啊！」功臣們聽了，也就不敢再說甚麼了。

疇乃自盧龍引軍出塞，塹山堙谷五百餘里，後論功行封，疇曰：「吾豈賣盧龍塞以圖富貴哉？」(明蔣一葵《長安客話‧徐無山》)

披堅執銳，雖未經於戎行；制勝伐謀，亦常習於事業。(唐劉禹錫《請赴行營表》)

披堅執銳，臨難不顧，身先士卒；賞必行，罰必信。(明羅貫中《三國演義》第七十二回)

勾踐請問師期，將悉四境之內，選士三千人，以從下吏。勾踐願**披堅執銳**，親受矢石，死無所懼。(明馮夢龍《東周列國志》第八十一回)

不過是要小翁**發蹤指示**，我們自然協力同心。(近代張鴻《續孽海花》第四十五回)

高鳥盡良弓藏

釋　義　把鳥打盡了，打完了，那良弓就沒有用處了。比喻功成事定之後，出力的人反而見棄，沒有好下場。

近義詞　鳥盡弓藏、兔死狗烹

反義詞　知恩圖報

─出處─

{信}曰：「果若人言，『狡兔死，良狗亨；高鳥盡，良弓藏；敵國破，謀臣亡。』天下已定，我固當亨！」

（西漢司馬遷《史記‧淮陰侯列傳》）

■ 故事背景

韓信慨歎項羽滅亡後，漢家天下大定，自己再無利用價值，就落得悲慘下場。

漢王五年（公元前 202年），項羽敗亡，劉邦稱帝，封韓信為楚王。項羽的舊部下鍾離昧以自己與韓信交情深厚，便來投靠韓信。劉邦向來討厭鍾離昧，得悉鍾離昧藏身楚國後，下令韓信追捕，但韓信沒有理會，惹來劉邦不滿。韓信剛到楚國時，出入巡視各邑縣時，都帶着裝備齊全的侍衛跟隨左右，以壯聲威，劉邦更感不悅。

漢王六年，劉邦開始逐步消滅異姓諸侯。有人上書朝廷告發韓信密謀造反，陳平獻計劉邦，假借天子出巡會見諸侯，誘韓信前來時就把他拿下。劉邦採納陳平的計策，派使臣告知各諸侯天子南巡的消息，命諸侯到陳縣會面，並向外公佈自己將會巡視雲夢大澤，其實是要偷襲韓信。

但韓信沒有察覺劉邦的陰謀。劉邦快要到楚國時，韓信一度想起兵造反。雖自覺自己沒有罪過，想朝見天子，但又怕被抓，心情矛盾。有人建議韓信殺了鍾離眛來討好皇帝，到時皇帝高興就可以脫難。韓信與鍾離眛商量，鍾離眛說：「漢王之所以不進攻楚國，是因為我在你這裏，你想抓我取悅漢王，我今天死了，你也會馬上喪命的。」韓信不聽，鍾離眛破口大罵韓信沒有道義後便刎頸自殺。

韓信拿着鍾離眛的人頭到陳縣拜見劉邦，劉邦立即命令侍衛將韓信綑綁起來，押在隨行隊伍的車上。韓信說：「果如人們所說『狡猾的兔子死了，出色的獵狗就會被人烹殺吃掉；天上的飛鳥被打盡，再好的弓箭也被收藏起來；敵國滅亡，謀臣就要死亡。』現在天下已經安定，我也應當被殺害了！」劉邦說：「有人告發你密謀造反。」就把韓信戴上刑具，押往洛陽。但最後劉邦免除了韓信的罪過，只貶為淮陰侯。

■ 延伸閱讀

楚漢相爭期間，劉邦為籠絡軍心，先後封韓信、英布和彭越這幾位獨當一面，戰功赫赫的手下大將為王。戰爭結束，劉邦登上帝位初期，百廢待興。為穩定人心，漢高祖

劉邦論功行賞，賜封了八位異姓諸侯王，韓信、英布和彭越外，還包括張耳、吳芮、韓王信（與韓信同姓同名，稱韓王信以作區別）和臧荼（臧荼被殺後改封盧綰）。

漢王五年，張耳和吳芮病逝。翌年，劉邦開始逐一清算異姓王。八人當中，除張耳和吳芮因病去世而得以善終外，其他的要麼被殺，要麼逃歸到境外匈奴。

漢高祖的誅除異姓王，宋太祖趙匡胤的杯酒釋兵權，明太祖朱元璋的殺害老臣，這幾位創業建國的皇帝，都同樣是恐怕功臣威脅到他們的皇權和統治。情況有如獵人，「狡兔死走狗烹，飛鳥盡良弓藏」，用完即棄。

歷代例句

飛鳥盡，良弓藏，狡兔死，走狗烹。 （西漢司馬遷《史記·越王勾踐世家》）

羞與為伍
韓信將兵，多多益善

羞與為伍

釋　義	指恥於同自己輕視的人在一起。
近義詞	羞與噲伍
反義詞	引以為榮

韓信將兵，多多益善

| 釋　義 | 形容越多越好。 |

─出處─

{信}嘗過{樊將軍}{噲}，
{噲}跪拜送迎，言稱臣，
曰：「大王乃肯臨臣。」{信}
出門，笑曰：「生乃與{噲}
等為伍！」……{信}曰：
「陛下不過能將十萬。」上
曰：「於君何如？」曰：「臣
多多而益善耳。」

（西漢司馬遷
《史記・淮陰侯列傳》）

■ 故事背景

　　韓信雖然被貶，但仍瞧
不起樊噲，不屑與他處於同等
地位。

　　漢王五年（公元前 202
年），劉邦滅掉楚霸王項羽，
即位為皇帝，定國號為漢。開
國之初，論功行賞，封韓信、

彭越和英布等人為諸侯，各有封地和擁有自己的軍隊。隨着天下逐漸安定，劉邦開始擔心這些異姓諸侯對朝廷構成威脅，於是想方設法奪回土地和兵權。其中韓信被貶為淮陰侯，留居京城，以便監視他的一舉一動。

韓信知道劉邦畏懼和厭惡他的才能，常藉詞染病而不上朝，也不隨侍皇帝左右。韓信終日自怨自艾，在家裏鬱鬱寡歡，常因為與絳侯（周勃）、灌嬰等人處於同等地位而感到羞恥。有一日，他探訪將軍樊噲，樊噲以臣子之禮，跪着迎接，稱自己為臣子，向韓信道：「大王竟然大駕光臨。」韓信別過樊噲，出門後笑着說：

「我這輩子竟然與樊噲這樣的人位列同一等級。」

劉邦曾與韓信閒聊，討論各位將領的才能，認為他們各有長短。劉邦問韓信：「像我這樣的人能帶多少兵？」韓信答道：「陛下只能率領十萬軍隊。」劉邦再問：「那你呢？」韓信答：「我是兵馬越多越好。」劉邦笑着說：「你越多越好，那為甚麼你還是被我擒獲呢？」韓信回應：「陛下不善於帶兵，卻善於任用將領，這就是我被陛下俘擄的原因。何況陛下是上天所賜，並非凡人可以做到的。」

韓信雖然身在天子腳下，但仍與陳豨密謀造反，結果被呂后和蕭何合謀殺死。

逮桓靈之間，主政荒謬，國命委於閹寺，士子羞與為伍。（南朝宋范曄《後漢書‧黨錮傳序》）

今不肖之台諫，言嬰貴之指呼，納豪富之賄賂，內則剪天子之羽翼，外則奪百姓之父母，是有害於主也，吾意大亦羞與為伍矣。（南宋羅大經《鶴林玉露》）

有一批是盜名的，因此使別一批羞與為伍，覺得和「熟人的名字並列得厭倦」，決計逃走了。（近代魯迅《且介亭雜文二集：逃名》）

韓信用兵，多多益辦。此是化工造物之妙。（當代王世貞《藝苑卮言》）

四海為家

釋　義　原形容帝業宏大，富有四海，天下一家。後形容志向偉大或比喻人漂泊不定，居無定所。

近義詞　浪跡江湖

反義詞　安土重遷

─出處─

蕭何曰：「天下方未定，故可因遂就宮室。且夫天子以四海為家，非壯麗無以重威，且無令後世有以加也。」

（西漢司馬遷《史記‧高祖本紀》）

■ 故事背景

高祖劉邦不滿未央宮太過富麗堂皇，經蕭何解釋後，劉邦轉怒為喜。

漢王五年（公元前 202年），項羽敗亡，劉邦稱帝，定國號為漢，定都洛陽。此時，齊國人婁敬勸劉邦應定都關中（即長安，現西安）。當時由於左右大臣都是關東地區的人，多勸劉邦定都洛陽。他們認為洛陽位處「天下之中」，方便四面八方的物資供給。但張良亦同意婁敬的意見，張良認為，關中幅員廣闊，物產豐富，而且關中只有一面制於諸侯，如果有變，朝廷軍隊只要

順流而下就可破敵。劉邦聽後，便下令定都關中，並賜婁敬劉姓。

建都城長安之初，是以秦朝的興樂宮為基礎，修建長樂宮作為皇宮。漢王七年，長樂宮建成，劉邦從洛陽遷都長安。翌年，朝廷計劃興建宮殿，當時劉邦率軍征討東垣，追擊齊王韓信的殘餘勢力，便由丞相蕭何主持興建未央宮。未央宮建有東闕、北闕、前殿、武庫、太倉。高祖返京後看到宮殿建造得富麗堂皇，大為不悅，責怪蕭何說：「天下紛亂，連年戰爭，成敗難料，為甚麼把宮殿修造得這樣豪華呢？」蕭何回答道：「正因為天下仍未安定，才要利用這時機興建宮殿。再說，天子以富通四海，天下都屬於陛下的，宮殿不壯麗，如何能彰顯天子威嚴。而且，現在就將宮殿修建得富麗宏偉，子孫後代就不用再擴建了。」高祖聽後覺得有理，也就轉怒為喜。

歷代例句

且夫天子以四海為家，非令壯麗，亡以重威，且亡令後世有以加也。（東漢班固《漢書・高帝紀》）

建都邑，正方位，劃崇墉，剣濬洫，必憑天地之險，然後四海為家。（唐楊烱《少室山少姨廟碑銘・序》）

四海為家，寸心不把名牽掛。（明羅貫中《風雲會》第一折）

我們是四海為家的，我們是以一切人民為兄弟姐妹的。（當代孫犁《看護》）

高才捷足　疾足先得

疾足先得

釋　義　比喻行動迅速的人首先達到目的。

近義詞　捷足先得

反義詞　姍姍來遲

高才捷足

釋　義　形容人才能出眾，反應快，行事敏捷。

近義詞　高材疾足

—出處—

{秦}失其鹿，天下共逐之，於是高材疾足者先得焉。

（西漢司馬遷
《史記・淮陰侯列傳》）

■ 故事背景

劉邦因惱恨蒯通曾遊說韓信作反欲殺蒯通，蒯通辯解後脫禍。

漢王五年（公元前 202年），劉邦滅楚，建立漢朝，天下漸趨安定，劉邦逐步排除異姓諸侯王，韓信被貶為淮陰侯。韓信深知劉邦對他有所顧忌，於是常常託辭生病而避開上朝和隨侍在側。

不久，陳豨獲任命為鉅鹿郡守，臨行前向韓信辭行，韓信對陳豨說皇上性格多疑，若有人一再在皇上面前挑撥離間，皇上信以為真，一怒之下就會率兵圍剿。韓信計劃與陳豨來個裏應外合，以取得漢家天下。陳豨向來佩服韓信雄才

133

大略，深信不疑。漢王十年，陳豨果然起兵造反。高祖率兵前往平亂，韓信沒有跟隨之餘，還暗中派人通知陳豨只管起兵，他會在京城配合。

韓信計劃襲擊呂后和太子，不料事敗。呂后與相國蕭何合謀，訛稱陳豨被高祖殺掉，要韓信進宮與諸侯羣臣一同慶祝。韓信不虞有詐，便依約進宮。呂后立即命人綁起韓信，在長樂宮殺掉韓信。韓信臨死前說道：「我後悔當日沒有採納蒯通之言，結果現在被婦孺小孩所騙，難道這就是天意？」最後，韓信被誅，還禍及三族。

劉邦平亂後回京，得悉韓信這心腹之患終於剷除，既高興又不無同情地問：「韓信臨死時說過甚麼嗎？」呂后說：「韓信說後悔沒有採納蒯通的計謀。」劉邦說道：「蒯通是齊國謀士。」便詔令齊國拘捕蒯通。蒯通被帶到高祖面前，劉邦問蒯通：「你唆擺淮陰侯反叛，是嗎？」蒯通回答道：「是的，我的確教過他，那小子不採納我的計策，結果自取滅亡。假如那小子採納我的計策，陛下又怎能滅掉他呢？」劉邦大怒，下令烹殺蒯通。蒯通大呼：「哎吔！煮死我，冤枉呀！」劉邦問：「你教唆韓信作反，還說冤枉！」

蒯通說：「秦朝法度敗壞，政權瓦解的時候，山東六國大亂，各路諸侯紛紛起義，一時間天下英雄豪傑都像烏鴉一樣聚集起來。秦朝失勢，羣雄都希望乘機搶一杯羹，於是有才智、行動敏捷的人都首先得到它。盜跖（相傳是黃帝時期的大盜）的狗向着唐堯狂吠，並非因為堯無仁無德，只不過因為堯不是牠的主人，牠是各為其主罷了！當時我只知道有韓信，並不知道有陛下。

何況當時天下羣雄並起，人人手執利刃，想幹陛下的人太多了，只是他們力不從心罷了。

難道你可以把他們全部煮死嗎？」劉邦聽後，立即命人放了蒯通，就赦免了他的罪。

有力量者十二首都做也可；不能的作一首也可。**高才捷足者為尊**。（清曹雪芹《紅樓夢》第三十七回）

尚炯笑着說：「自然是**捷足者先得之**。」（近代姚雪垠《李自成》）

附錄：楚漢人物簡介

劉邦

劉邦（前 256 ／ 247 年－前 195 年），字季，戰國時楚國沛縣豐邑中陽里（今江蘇徐州豐縣）人。漢朝開國皇帝，亦是中國歷史上第一位平民出身的皇帝。經歷四年的楚漢戰爭，劉邦終於擊敗西楚霸王項羽，統一天下，建立漢朝。前 195 年，劉邦在討伐英布叛亂時受了重傷，之後駕崩於長安。諡號高皇帝，廟號太祖，葬於長陵。

項羽

項羽（前 232 年－前 202 年），名籍，字羽，戰國時楚國下相（今江蘇省宿遷市）人。楚國名將項燕之孫，於秦末民變時隨叔父項梁起兵反秦，被楚後懷王封為魯公。前 207 年，在鉅鹿之戰中，項羽率五萬楚軍大破四十萬秦軍，時年僅二十五歲。項羽起兵三年期間，率領山東六國諸侯滅秦，分封天下，自封「西楚霸王」。前 206 年，劉邦由漢中出兵攻打項羽，楚漢相爭歷時四年。最後，項羽終在垓下之戰中敗於劉邦。前 202 年，項羽突圍至烏江後，自刎而死。

韓信

韓信（？－前 196 年），戰國時楚國淮陰縣（今江蘇省淮安市淮安區）人。漢朝開國功臣、軍事家，以卓絕用兵才能著稱。與蕭何、張良並稱為漢初三傑。三人力助漢王劉邦滅楚霸王項羽。惟韓信功高震主，建漢後，漢高祖劉邦逐一對付異姓王，藉故貶韓信為淮陰侯，最後更遭呂后及蕭何合謀騙入宮內，以謀反之名處死於長樂宮內。

張良

張良（前 250 年或以前－前 186 年），字子房，封留侯，戰國時韓國潁川城父縣（今河南省郟縣）人。秦末漢初傑出良相、謀臣。漢朝開國功臣，與韓信、蕭何並稱為「漢初三傑」。漢高祖曾評價：「夫運籌帷帳之中，決勝於千里之外，吾不如子房。」其祖輩曾在韓國任過五代國相。張良慕黃老無為之道，不戀權位，功成身退，晚年隨赤松子修道，雲遊四海。前 186 年去世，諡為文成。

陳平

陳平（？－前 178 年），戰國時魏國陽武戶牖鄉（今河南原陽東南）人。漢高祖劉邦重要謀臣。楚漢相爭時，曾為項羽重用之謀士，後因與亞父范增不和，轉而投向劉邦，多次為劉邦建漢出謀獻策。「反間計」、「離間計」，均出自其手。曾受封為戶牖侯、曲逆侯。漢高祖死後，先後輔助惠帝、文帝，曾任郎中令、右丞相、左丞相、丞相。因明於職守，文帝大為讚賞。死後諡號獻。

蕭何

蕭何（？－前193年），戰國時楚國沛縣（今江蘇省徐州市沛縣）人。漢朝開國功臣，也是漢朝第一位丞相、著名政治家、軍事家。漢初三傑之一。自沛縣起輔助漢高祖劉邦起義，到滅楚興漢，調兵遣將，出謀獻策，功不可沒。故漢高祖劉邦定都長安後，論功行賞，封其為第一功臣，立為相國，封爵酇侯。漢高祖死後，繼輔助惠帝，惠帝二年蕭何去世，諡號文終。

曹參

曹參（？－前189／190年），字敬伯，戰國時楚國沛縣（今江蘇徐州市沛縣）人。漢初著名將領、開國功臣，是繼蕭何後的漢朝第二位相國。自沛縣隨劉邦起兵，到楚漢相爭，全力輔助劉邦建漢，身經百戰，屢立戰功。劉邦定都後論功行賞，曹參戰功甚高，論功時僅不及蕭何，封平陽侯。蕭何逝後，曹參繼任相國，仍依循蕭何所定的制度，「蕭規曹隨，休養生息」，開文景之治之太平盛世。曹參去世後，諡號為懿。

樊噲

樊噲（？－前189年），戰國時楚國沛縣（今江蘇徐州市沛縣）人。漢初名將，亦為開國功臣之一，賜爵賢成君，封武陽侯。出身寒微，早年以屠宰為業，因是劉邦夫人呂氏之妹夫，甚得劉邦夫婦信任。自沛縣隨劉邦起兵，英勇善戰，是劉邦手下猛將，曾在鴻門宴時出面營救劉邦。曾任漢初大將軍、左丞相。惠帝六年（前189年），樊噲去世，諡號為武。

項梁

項梁（？－前 208 年），戰國時楚國下相（今江蘇省宿遷市）人，秦末著名起義軍首領之一。楚國貴族項氏之後，楚大將項燕之子，西楚霸王項羽之叔父。在反秦之定陶戰役中因輕敵而為秦將章邯所敗，戰死定陶。

英布

英布（？－前 196 年），戰國時楚國九江郡六縣（今安徽省六安市）人。早年因犯秦律受黥刑，又稱黥布。秦末漢初名將，初隨項梁起兵，擁立楚後懷王，封當陽君。項梁敗亡後，跟從項羽，屢破秦軍，項羽封其為九江王。其後叛楚轉歸劉邦，與韓信、彭越並稱漢初三大名將。劉邦建漢後封淮南王，由於劉邦接連消滅異姓王，眼見韓信、彭越先後被殺，英布終於在前 196 年起兵叛漢，最終兵敗，因謀反罪被殺。